Isabelle Sorente

L'INSTRUCTION

Roman

JC Lattès

Maquette de couverture : Le Petit Atelier.

ISBN : 978-2-7096-7133-0

Première édition janvier 2023.

Maître Oiseau
(1978)

J'ai sept ans. Sur l'écran de télévision apparaît un oiseau au terrifiant plumage noir. Cela fait des jours que j'entends le nom sorcier de l'*Amoco Cadiz* avec le mot désastre que prononcent les adultes, désastre, à jamais le mot s'allonge près du corps éventré de l'*Amoco Cadiz* perdant fatalement des tonnes de sang noir. Le supertanker, encore un mot d'adulte que j'apprends cette année-là, le supertanker ressemble à un insecte monstrueux en train d'agoniser. Ce soir-là, je suis assise entre mes parents sur le canapé. Ma mère suspend sa lecture pour regarder l'écran. Mon petit frère est au lit, il est encore trop jeune pour veiller après le dîner, suivre les informations est mon privilège d'aînée. Mon père m'explique que le bateau contient du pétrole, que le pétrole se répand dans la mer, que rien ne peut l'arrêter, que c'est ça, un désastre. Un grand corps toxique couché sur le côté dans une mer gluante et noire.

Soudain, l'image change. Quelque chose remue dans la mer paralysée.

C'est un oiseau couvert de pétrole.

Sa tête, ses ailes, son bec, tout est noir, on dirait un spectre d'oiseau. Je me rappelle m'être demandé de quelle couleur il était avant. De quelle couleur étaient ses plumes avant que la matière noire ne se colle à lui, l'enserrant, le retenant, l'attirant à elle comme une main faite de boue ? Il nage douloureusement en direction d'un rocher, je vois cette douleur, je la sens, transperçant l'écran du téléviseur de mes parents, passant en un éclair du corps de l'oiseau au mien, comme s'il épuisait ses dernières forces pour lutter contre une paralysie totale. L'oiseau parvient enfin à se hisser sur la pierre.

Il veut s'envoler. Il tente de s'envoler. Il tente de battre des ailes.

Ce qu'on voit sur l'image, c'est que ses ailes ne s'ouvrent pas. L'énergie du désespoir – existe. La force qu'il y met, tout ce qu'il lui reste. Mais ses plumes sont collées entre elles, collées contre son corps, chaque plume souillée pèse plus lourd qu'un cauchemar. L'oiseau tourne la tête dans toutes les directions. À gauche, à droite, marée noire, noire, noire. Il cherche en vain une issue, un espoir. *Mais tout meurt alentour. Tout est mort.* Il n'y a pas d'issue. Alors il baisse la tête vers l'océan écœurant dont il vient de s'extraire. Il le contemple quelques secondes, et se jette tête la première dans l'enfer étale et noir.

Je pousse un hurlement comme si c'était moi qui venais de mourir.

Maître Escargot
(1980)

Des amis de mes parents sont descendus dans le Sud pour passer les vacances avec nous. Leur fils, Franck, a mon âge. C'est la fin du mois d'août, il y a eu des orages toute la semaine. Les escargots sont de sortie. J'adore les escargots. J'adore leur coquille, leur lenteur, et surtout, leurs yeux délicats qui ressemblent à des antennes au bout desquelles monte lentement l'encre de leur regard.

Franck aime les torturer. Il arrive qu'il prenne des aiguilles de pin pour leur crever les yeux et empêcher l'encre de monter jusqu'en haut. Mais ce qu'il aime le plus, c'est écraser leur coquille sous la semelle de ses sandales. Quand je lui demande d'arrêter, il me regarde d'un air renfrogné. Je commence à le détester. Franck ne parle pas beaucoup, en tout cas pas avec moi. Sûrement que ses copains lui manquent. À l'école, il est ceinture noire de karaté. À peine je m'éloigne, j'entends de nouveau le bruit d'une coquille en train de craquer. Je commence à le haïr. Je le dénonce aux adultes qui sont en train de prendre l'apéritif sur la terrasse. Sa mère lui ébouriffe tendrement les cheveux.

« Ce n'est pas bien, lui dit-elle, ce n'est pas bien, mon chéri, d'écraser les escargots. Tu vois bien que ça fait de la peine à ton amie. » Je ne suis pas son amie et, à son sourire satisfait, je comprends tout de suite que Franck n'a aucune intention d'arrêter. Personne ne l'a engueulé ! Personne ne lui a dit que c'était dégueulasse ! Les adultes ne pensent qu'à la calanque où nous irons demain, ils se fichent totalement des escargots martyrisés. Évidemment, Franck continue, même s'il réduit un peu le rythme – il commence à faire très chaud, les escargots sont moins nombreux. Je fais des tours de ronde pour décoller les malheureux accrochés au mur de la maison ou sur les pierres du jardin, délicatement, les humectant avec mon pistolet à eau pour leur faire croire qu'il pleut, dès qu'ils sortent la tête de leur coquille, je les fais glisser sur le dos de ma main. J'escalade le mur de pierre clôturant la maison pour les déposer dans la pinède, là où Franck ne s'aventure pas parce que le jour de son arrivée, on est allés s'asseoir sous un pin et un scorpion a filé entre ses pieds. Franck l'a dit à sa mère qui lui a interdit de sortir du jardin sans elle. Je dépose les escargots rescapés à l'ombre, au pied des arbres, avant d'escalader le muret dans l'autre sens. Mais alors que je traverse le jardin pour rentrer dans la maison, j'entends derrière moi un craquement sinistre. Je me retourne pour voir Franck, contemplant à ses pieds ce que je devine être un débris de coquille et un corps baveux. Quand il me voit arriver, il se dépêche de tourner les talons. « Attends, je dis, tu veux pas le regarder mourir ? » Franck hésite, flairant le piège, mais quel piège une fille en robe rose peut-elle lui tendre à lui, le chéri de sa maman qui fait du karaté tous les mercredis soir – pesant le pour et le contre, il décide finalement de s'approcher de moi. « Tu vois comme il bave ? Tu vois comme il a mal ? » Franck émet un petit grognement, je ne sais pas si ça veut dire « oui » ou « arrête ». Je décide que ça veut dire oui. « Imagine que ça t'arrive à toi. » Franck me jette un regard mi-fasciné, mi-inquiet. « Imagine que quelqu'un te crève les yeux. Tu ne vois plus rien. Tu ne vois plus rien du tout. Maintenant quelqu'un t'écrase le dos... tous tes os commencent à craquer... » Franck écarquille les yeux, il ouvre la bouche et la referme, incapable de m'interrompre, comme si nous étions emportés par un jeu nouveau, un jeu impossible à arrêter. « Imagine que tu saignes... Imagine que tes jambes sont toutes tordues... Tes bras aussi... » Il fait plus de trente degrés, il est trois heures de l'après-midi, nous sommes tête nue sous le soleil dans une sorte de transe, comme si le corps supplicié de l'escargot dont la coquille brisée a transpercé la chair exigeait qu'on continue. « Tu es tout cassé. Tu as très mal. Tu vas mettre beaucoup de temps à mourir. » (Je me souviens d'avoir prononcé ces mots, tu vas mettre beaucoup de temps à mourir, parce que je n'ai plus su quoi dire après ça.) Je ne dis plus rien. Franck et moi nous regardons, chancelants, sonnés, comme si l'effort qu'on venait de faire pour l'imaginer à la place de l'escargot nous avait vidés de nos forces. Franck se met à renifler. Il se met à sangloter. « Tu es dégueulasse ! » finit-il par s'écrier, avant de détaler en direction de la terrasse où se trouvent les adultes.

Je sais exactement ce qui va arriver. Mes parents vont m'engueuler pour la forme, ils me priveront peut-être de dessins animés – mais je sais qu'au fond, ils seront ravis que le fils de leurs amis cesse de faire sa loi dans leur jardin. Franck n'écrasera plus d'escargots, il ne jouera plus avec moi jusqu'à la fin des vacances et, de retour à Paris, nos parents trouveront des prétextes pour se voir moins souvent.

Je regarde l'escargot en train d'agoniser et je me mets à pleurer.

Maître Truie
(2009)

À l'intérieur d'une structure industrielle produisant trente mille porcs par an, une quarantaine de truies, entravées dans des cages de fer, attendent le moment d'être inséminées. Je me demande si elles sont conscientes de ce qui les attend. Conscientes qu'une sonde va entrer en elles, contenant le sperme prélevé quelques minutes plus tôt sur un verrat reproducteur, un mâle condamné comme elles à rester vierge jusqu'à sa mort, conscientes que les petits qui grandiront dans leur ventre leur seront arrachés, conscientes qu'elles sont considérées comme des machines à cycle court et qu'à ce rythme – mise-bas, insémination, mise-bas – leur appareil reproducteur sera foutu d'ici trois ans, les condamnant à ce qu'ici on appelle la réforme. Si elles sont conscientes de ne pas être considérées comme des êtres vivants, si ce n'est par quelques porchers plus fous que les autres qui refusent de voir en elles des machines de chair dont ils sont payés pour maximiser le rendement, si elles souffrent de ne pas être considérées comme des êtres vivants, si elles sont conscientes de leur dignité d'êtres vivants, si elles sont conscientes du crime que nous commettons en la leur dérobant. Si elles sont conscientes. Au moment où je pense ça, l'une d'elles se tourne vers moi et plonge dans les miens ses yeux immenses et sombres.

I

Burn-out

(Automne 2008)

Une ancienne instruction bouddhiste recommande à celui qui cherche – l'illumination, une vie nouvelle – de se mettre à la place d'un animal conduit à l'abattoir. Je venais de fêter mon trente-huitième anniversaire quand j'ai décidé de suivre cette instruction. Ma vie était devenue grise. Ce n'était pas le gris de l'ennui, plutôt le gris de l'activité frénétique, le gris d'un mouvement incessant. J'avais le sentiment de devenir indifférente à ma propre existence, comme si elle n'était plus vraiment la mienne, comme si j'étais en train de perdre ma sensibilité, pire que ma sensibilité, un sens – aussi important que la vue ou l'ouïe. Je suis en train de perdre un sens que je n'arrive pas à nommer, je sais juste que je le perds. J'ouvre les yeux, je me lève, je prends ma douche, je m'habille, je cours d'un rendez-vous à l'autre, comme un zombie qui avance, avance, avance. Mes mouvements sont plus rapides, moins erratiques que ceux d'un zombie, mais je ne suis pas dupe. Tout ça n'a pas de sens, tout ça n'a pas de but, tout ça ne mène nulle part – et tout ça, c'est ma vie. Je ne m'étais pas rendu compte, quand j'étais entrée dans la vie active, que le travail était comme un second visage. Pas un masque qu'on peut enlever, non, un autre visage, celui qui est vu le premier, le travail est le visage qu'on attend que vous présentiez, celui qui vous définit, un visage dont l'acceptabilité – l'équivalent de la normalité d'un visage de chair – l'acceptabilité, la laideur ou la monstruosité dépendent des contrats de durée variable à laquelle votre survie se trouve attachée. J'ai toujours trouvé effrayante la question rituelle, tu travailles dans quoi ?, si souvent posée la première par ceux qui vous rencontrent, mais je dois bien reconnaître que je finis toujours, moi aussi, par la poser, peut-être pas lors d'une première conversation mais à coup sûr dès la deuxième. Tu travailles dans quoi ? Je travaille sans arrêt. De huit heures du matin à vingt et une heures, sept jours sur sept, sauf le samedi et le dimanche, où je m'efforce de faire autre chose l'après-midi. En général des courses. Du sport si j'ai le temps. Je n'ai pas le sentiment d'être une exception, plutôt celui de faire partie d'une foule – une foule qui court.

Je n'arrête pas de penser à ce koan zen où un oiseau est enfermé à sa naissance à l'intérieur d'un vase précieux. L'oiseau grandit. Comment le libérer pour qu'il vive – sans briser le vase ? Tel est le koan, l'énigme métaphysique. On dit que certains sages méditent sur elle des années, mais cette histoire d'oiseau n'est pas que symbolique. Elle parle d'une identité trop étroite pour notre vraie identité. Les ailes de l'oiseau sont en train de s'atrophier. Si l'énigme n'est pas résolue, l'oiseau se recroquevillera, il étouffera, puis il mourra. À moins qu'il ne soit assez fort pour briser le vase, dont les failles hantent déjà l'émail, dessinant des fissures ramifiées comme des veines bleues, auquel cas les morceaux brisés lui déchireront les ailes. Quelque chose de très dangereux, de très douloureux est sur le point de se produire. Quelque chose qui a à voir avec la folie et l'anéantissement. Je suppose que c'est à cette étrangeté teintée d'horreur qu'on reconnaît une histoire vraie. À l'époque où je faisais encore des retraites zen, celui que je considérais comme mon maître m'avait posé ce koan. Il m'avait dit qu'un jour, j'y repenserais. Il m'avait dit que tout le monde passait par là, un jour ou l'autre. Mais ça fait bien longtemps que je n'ai pas fait de retraite. Je cours sans arrêt, je cours, je cours, même quand je suis assise – surtout quand je suis assise derrière un écran – je n'arrête pas de courir.

À trente-huit ans, je cumule plusieurs activités (ce mot). Chacune de ces activités est liée à mon métier – raconter des histoires, tisser des trames, écrire est mon métier. Lire, écrire, inspirer, expirer, comme le va-et-vient d'un souffle, une respiration secrète. (Grace m'a dit un jour que les romanciers étaient des animaux qui respiraient par les mots. J'avais pensé que c'était une image mais je crois qu'elle parlait sérieusement.) Préserver sa respiration a un prix, tous les animaux savent ça. Ne faire que ça, comme on dit – romancière ? tu ne fais que ça ? – suppose en réalité de faire beaucoup de choses. J'écris des chroniques pour un magazine de spiritualité dirigé par un rédacteur en chef nostalgique des voyages qu'il fit dans les années soixante-dix, des tirages de tarot, d'un monde plus lent, il me paye mal ou pas du tout, mais son savoir en matière de télépathie et d'interprétation des rêves compense largement ce défaut, et qui oserait réclamer de l'argent à un homme qui a fréquenté Castaneda et Jodorowsky ? Je travaille aussi pour une revue de philosophie à l'atmosphère nettement plus cartésienne, j'y retrouve des gens de mon âge, comme moi essayant, essayant de trouver un sens à ce qui se passe autour d'eux – le climat qui se dérègle, les forêts qui brûlent, le temps qui accélère – on s'entend bien, on voudrait prendre le temps de se connaître mieux, on serait presque amis, mais on se croise en coup de vent, tant pis, on se comprend. J'écris des scénarios, j'anime des ateliers d'écriture, quoi d'autre ? la liste n'est pas exhaustive, elle a tendance à s'allonger. Je suis une fille sérieuse, je rends mon travail à l'heure, j'ai la réputation d'être fiable (trop). Alors je travaille beaucoup. Vu de loin, j'ai de la chance. Vu de près, je bosse soixante heures par semaine.

Je m'en rends compte brutalement, un jour où une journaliste me propose un entretien pour un webzine qui lui a commandé un sujet sur les slashers. Le terme vient tout juste d'être inventé par une communicante américaine, il désigne les gens qui cumulent de multiples activités, « les gens comme vous », dit la journaliste avec un sourire que je peux sentir à travers le téléphone. Les gens comme elle, aussi, puisqu'en plus d'être journaliste elle est agent de photographes et community-manager. Je devine à sa voix qu'elle est plus jeune que moi. Quel âge peut-elle avoir ? Trente ans tout au plus. Elle ne ressent pas encore la fatigue. (Est-ce seulement de la fatigue ou quelque chose de pire ?) Moi-même, il me semble la sentir pour la première fois dans toute sa pesanteur, la sentir telle qu'elle est. Grise. Grise et sans pitié. Ce n'est pas un choix, vous savez, dis-je à la journaliste. Mais tout de même, vous aimez ce que vous faites ? J'aime ce que je fais, mais je fais tout ça *en même temps* parce que je n'ai pas le choix. Je voudrais lui faire comprendre qu'elle fait erreur. Que son erreur est dangereuse. Les slashers, comme elle dit, ne cumulent pas les activités par peur de sombrer dans l'ennui. C'est une honte de faire croire ça à des gens qui démarrent dans la vie. Ce n'est pas l'ennui que craignent les personnalités créatives, comme elle dit. C'est la précarité. Les slashers sont des gens qui ont peur de la précarité en raison de l'instabilité de leurs revenus. Du moins, puisqu'elle veut mon témoignage, est-ce mon cas à moi. Deux activités (ce mot), trois peut-être, me suffiraient largement. Mais j'en cumule quatre, parfois plus, parce que je n'ose rien refuser. Je n'ose rien refuser parce que je me sens précaire. Peut-être me suis-je fait croire, quand j'avais l'âge de la journaliste, que c'était un choix existentiel. Mais c'est un choix économique, un choix de survie. Je jongle. Elle aussi. Des jongleurs frénétiques, courant pour attraper un train, courant dans un couloir, risquant à tout moment de perdre l'équilibre, balles rouges rebondissant sur un quai de béton, cheville tordue, grimace de douleur, tandis que les autres jongleurs, trop terrifiés à l'idée de manquer une seule balle, n'osent même pas regarder celui qui se casse la gueule – un slasher, si elle tient à ce terme. Ne trouve-t-elle pas étrange que le mot désigne aussi ces films d'horreur où un tueur à l'arme blanche saigne ses victimes à un rythme frénétique, assez semblable à notre rythme de travail ? *Slash, slash, slash.* Notre entretien n'est finalement jamais paru dans le webzine, je n'en ai pas voulu à la jeune slasheuse, elle ne partageait pas mon avis, c'était son droit. Sans doute lui restait-il quelques années d'insouciance avant de sentir ce que je sentais moi. L'épuisement. Le gris.

Burn-out. Le médecin qui me suit, en général pour des sinusites à répétition, prononce le mot avec un soupir après que je lui ai avoué le sentiment d'avoir nagé trop loin du bord (mais quel bord ?) et de ne pas avoir la force de regagner la rive (mais quelle rive ?). Je me sens lasse. J'ai d'abord cru que ça passerait tout seul, en me couchant plus tôt, en réduisant un peu l'amplitude de mes journées – mais la lassitude ne passe pas. Elle empire. Quand je me lève le matin, je pense à ce que je n'ai pas terminé la veille. À ce qu'il me reste à faire, à la journée qui n'y suffira pas. J'ai commencé à demander des délais, mais les délais sont comme les découverts autorisés, ils s'accumulent vite. Je ne sais pas si ma lassitude est physique ou psychique. Je crains d'être malade. C'est ce qui me pousse à consulter. La peur d'être malade et de ne plus pouvoir travailler – alors que j'ai des projets en cours, un scénario, un roman que j'essaie de commencer. Le médecin m'écoute avec attention. Il commence par me rassurer, il va me prescrire des prises de sang, au cas où il y aurait des carences, un manque de fer, ça peut arriver – puis il me demande s'il m'arrive de pleurer sans raison. Je m'entends répondre oui, ça m'est arrivé deux fois, dans le métro, sans autre raison qu'un arrêt entre deux stations. Il y avait beaucoup de monde dans la rame, j'avais hâte de rentrer chez moi. Le ralentissement m'a exaspérée, je me suis mise à pleurer. Tout m'exaspère en ce moment. La journaliste qui m'a interviewée sur les slashers, elle m'exaspérait – ce mélange de colère et de lassitude, proche du cri ou du sanglot. « Vous travaillez combien d'heures par jour ? » Je mens un peu, mais ça fait quand même beaucoup. « Et le sommeil ? » Il m'arrive de me réveiller vers quatre heures du matin, le cœur battant, comme si quelque chose palpitait dans le noir. Sinon, ça peut aller, je mange à heure fixe, je fais du jogging, tout ça. Le toubib ôte ses lunettes comme s'il voulait me regarder sans intermédiaire. « Lassitude, exaspération, larmes, lassitude. Ces signes, je les connais par cœur. J'en vois beaucoup des gens comme vous, vous savez. Vous ne vous ressemblez pas, mais vous racontez tous la même histoire. Vous faites un burn-out. » Le médecin ajoute que j'ai de la chance. Mes symptômes sont encore relativement légers, ils sont encore réversibles. Mais ce n'est pas quelque chose à prendre à la légère. Si je ne *corrige pas le tir*, si je ne modifie pas *mon hygiène de vie*, les choses vont empirer, dit-il. Elles peuvent empirer très vite. On ne pleure plus, on sanglote. On oublie ses rendez-vous. On se réveille un matin, incapable de sortir du lit. Incapable de s'habiller. On perd connaissance en plein milieu d'une réunion ou d'un déjeuner. Ce sont des choses qu'il a déjà vues, ce sont des choses qu'il voit. Quand on en arrive là, on a vraiment nagé très loin du bord, dit-il, on ne peut pas revenir sans intervention des secours. C'est-à-dire ? C'est-à-dire sans arrêt maladie de plusieurs mois, dit-il d'un ton sec. Si je ne vous arrête pas, vous promettez de ralentir ? Je promets. Prenez ça au sérieux, il vaut mieux changer vos habitudes maintenant, tant que c'est encore possible. « Croyez-moi, je vois ça tous les jours. Surtout chez les gens comme vous. » Je ne lui demande pas ce qu'il entend par *les gens comme moi*. Je n'ai pas besoin de le lui demander.

Ceux qui courent, cumulent, jonglent. Ceux qui chialent dans la rame poursuivant sa course obscure, grondement, fracas. *Slash*.

En sortant de chez le médecin, je suis sous le choc, mais aussi vaguement émerveillée, comme si ce diagnostic d'épuisement confirmait l'existence de ce qui s'est épuisé. Mon énergie, ma motivation, ma joie, tout ce qui m'anime – mon âme, en un mot. Je dois prendre mon âme au sérieux. C'est ce qu'a dit le médecin, même s'il ne l'a pas dit comme ça, il a parlé de burn-out, il a parlé d'épuisement, mais ce qui brûle, ce qui s'épuise, il ne l'a pas nommé.

Jean reste silencieux, la mâchoire légèrement crispée. Je lui ai raconté les pleurs dans le métro, mon exaspération envers la jeune journaliste, ma lassitude, le diagnostic du médecin, il m'a écoutée sans rien dire, lui toujours si prompt à interrompre, questionner, discuter, baissant la tête pour cacher son inquiétude, son effroi, peut-être, comme si notre relation reposait sur un pacte – laisser travailler l'autre, le laisser travailler beaucoup, travailler autant que lui – un pacte que je suis en train de dénoncer. Puisque je ne tiens plus le rythme. Ce rythme qui était le nôtre, devenant brutalement le sien. Dénoncer un pacte, c'est pire qu'un reproche, même si je mesure l'étrangeté d'un pacte amoureux reposant sur l'autorisation réciproque de ne se souvenir de l'autre qu'une fois la journée terminée, c'est-à-dire essentiellement durant le dîner et ce bref intervalle suivant le dîner et précédant l'endormissement, sans oublier quelques heures diurnes, le samedi après-midi et le dimanche. Étrange mais banal, la plupart d'entre nous n'ayant d'autre choix que passer ce pacte-là, le plus étrange étant qu'il soit conclu sans s'en rendre compte, comme un contrat aux clauses rédigées en caractères minuscules. Tu ne prononceras pas le mot âme, dit le contrat. Tu ne poseras pas de question sur son existence. Tu ne chercheras pas à savoir à quoi elle ressemble.

« Il faut que tu te reposes », dit Jean. Un léger tremblement dans sa voix, ses paupières clignent comme si la lumière électrique lui faisait mal. Jean a les yeux fragiles, l'ophtalmo lui a dit qu'il manquait de larmes, fixer son écran trop longtemps lui dessèche les yeux dont le blanc s'émaille de minuscules stries écarlates, l'ophtalmo lui a prescrit un collyre et des lunettes spéciales pour atténuer la lumière bleue. Je suis tombée amoureuse de Jean à cause de son regard émerveillé et bleu – ses cernes sont gonflés comme s'il avait fait la fête, comme s'il avait bu, alors que cette gueule de noceur vient du manque de sommeil, de soirées passées à relire ses articles et à répondre aux mails urgents. Jean s'efforce de sourire, prenant ma main dans la sienne, jouant son rôle de compagnon, d'homme protecteur, malgré l'inquiétude que nous ressentons tous les deux :

— Tu voudrais… tu veux qu'on parte en vacances ?

Quand je l'ai rencontré, il y a neuf ans, Jean et moi pouvions passer des heures en longues promenades labyrinthiques à la recherche d'un recueil de nouvelles de Borges ou de Pirandello. Au début des années deux mille, le développement d'Amazon commençait à peine, alors celui qui voulait lire sans attendre *Histoire de la nuit* ou *Nouvelles pour une année* – Jean, Grace et moi, étions ce genre de lecteurs impatients qui ne peuvent attendre quand ils imaginent que peut-être, peut-être, un livre contient le secret qu'ils cherchent – celui qui voulait lire sans attendre n'avait d'autre choix que d'appeler les libraires, les uns après les autres, jusqu'à ce que l'un d'eux réponde que oui, il avait ce que nous cherchions. En général, il ne lui en restait qu'un exemplaire, alors on promettait d'être là dans une heure, quitte à annuler nos rendez-vous, quitte à traverser Paris... Depuis combien de temps n'ai-je pas flâné... pas traîné dans les librairies pour ouvrir un livre au hasard... Je n'ai pas envie de partir. Pas envie de réserver un billet de train, ni une chambre d'hôtel. Partir serait encore faire quelque chose et mon âme me supplie de ne rien faire. *Me supplie de rester avec elle.*

— Je préfère rester ici.

Cette expression de soulagement sur le visage de Jean, comme s'il ne m'avait proposé de partir qu'en espérant que je refuserais. Pourtant si je lui avais demandé de m'accompagner une semaine au bord de la mer, je suis sûre qu'il aurait accepté. (Sans doute aurait-il amené son ordinateur pour travailler autant que possible durant ce break forcé.) Son soulagement me fait penser à celui d'un toxicomane à qui sa compagne de défonce annonce qu'elle veut arrêter – mais que lui n'est pas obligé. (Est-ce que ça peut marcher ? Est-ce qu'on peut changer sans que l'autre change ?) Jean aussi est un slasher, cumulant les activités, ne refusant jamais rien par peur d'être mis sur la touche. (Est-ce qu'on se met avec quelqu'un parce qu'on a les mêmes failles ?) Jean est journaliste free-lance, spécialisé dans les idées, les interviews d'historiens, de philosophes, d'économistes – il était grand reporter avant qu'on se rencontre mais il avait arrêté, pour avoir une vie, m'avait-il avoué. Cette vie s'est remplie plus vite qu'il ne croyait. Jean anime des débats, Jean produit un podcast dédié à l'environnement, Jean donne des cours de journalisme, ses élèves l'adorent, il est si généreux, enthousiaste, disponible, répondant à leurs mails dans les vingt-quatre heures (ses élèves sont trop jeunes pour réaliser que cette manie de répondre tout de suite est en réalité un conditionnement à ne rien refuser). Depuis quatre ans, il consacre tous ses week-ends à un roman qu'il n'arrive pas à terminer, faute de temps. Il dit qu'il en souffre et je le crois. Je ne sais pas comment l'aider, je me vois mal lui donner des conseils pour organiser son temps, des conseils auxquels je ne croirais pas moi-même, puisque notre temps est déjà organisé, si organisé qu'il n'en reste jamais. Je n'existe pour Jean qu'une fois son ordinateur éteint. Je ne m'en suis jamais plainte, je lui rends la pareille, il ne s'en est jamais plaint. Deux bêtes de somme dures à la peine. Deux bêtes de somme qui finiront par en crever. Quand nous sommes-nous transformés ? Où passe notre vie, où est-elle passée ? Combien sommes-nous à nous poser la même question, combien se la posent, en ce moment même ? Posant ma tête contre sa poitrine, je sens à travers sa chemise l'odeur de son grand corps fatigué. D'habitude, après le dîner, Jean retourne à son bureau pour répondre aux derniers mails de la journée. On se retrouve plus tard dans la chambre, pour lire, regarder une série, plus rarement pour faire l'amour – avant de sombrer dans le sommeil aux alentours de minuit. « Il faut que tu te reposes, répète Jean. — Ça ne suffira pas. — Qu'est-ce que tu veux dire ? — Ça ne suffira pas, le repos. — Je ne comprends pas. — Je veux prendre soin de mon âme. » On se regarde un peu sonnés comme si j'avais posé sur la table un objet incongru, scintillant d'un éclat bizarre.

Ma vocation de romancière est née d'une étrangeté physiologique. Depuis que je suis gamine, je me réveille à l'aube. C'est plus fort que moi, je n'ai jamais eu besoin de réveil, même pour aller à l'école, comme si un instinct archaïque était programmé dans mon cerveau pour ne pas manquer le lever du jour. Quand j'étais gosse, c'était un vrai problème, surtout en vacances, quand tout le monde dormait encore et que mes yeux s'ouvraient à cinq heures et demie. On aurait dit qu'un truc m'appelait, un jeu, un de ces trucs auxquels les gosses ne résistent pas. Je me levais sur la pointe des pieds pour ne pas réveiller mon frère et je filais dans le jardin – les pies, les tourterelles, chantaient déjà dans les pins, comme pour me féliciter d'être au rendez-vous. On ne voyait pas le soleil se lever depuis la maison, mais le ciel s'emplissait de déchirures roses phosphorescentes. Il faisait frais, même l'été, il fait toujours frais à cette heure-là. Alors je retournais à l'intérieur pour enfiler l'un des vieux pull-overs que ma mère laissait toujours traîner dans le salon, et je prenais un livre – on aurait dit que la bibliothèque n'attendait que ça. Je me mets à lire dans le salon silencieux, il n'y a rien d'autre à faire de toute façon, attendant que le jour soit suffisamment clair pour retourner dehors, poursuivre ma lecture à l'ombre d'un pin, sur une chaise en plastique blanc que mes parents ont reléguée à l'arrière du jardin. Je demeure suspendue dans un autre monde, jusqu'à ce que le soleil envahisse la colline, que les volets s'ouvrent, que ma mère m'appelle pour le petit déjeuner et que je rentre à la maison avec le sentiment enivrant d'avoir trahi ma famille. L'été Fantômette, l'été Alexandre Dumas, l'été Daphné du Maurier… Je me souviens de l'été Edgar Allan Poe, lézards se faufilant entre les pierres, toiles d'araignée scintillantes où se débattent des proies minuscules, tandis que je tourne les pages des *Aventures d'Arthur Gordon Pym*, relisant encore et encore le chapitre final, où les protagonistes disparaissent dans un atroce brouillard blanc.

Alors que je l'associais jusqu'ici aux robes d'été et aux draps séchant sur une corde à linge, le blanc m'épouvante, ce jour-là, comme si je sentais que Poe n'inventait rien et que le blanc cachait une chose horrible – une chose que moi aussi, je verrais un jour.

Même si je ne vois pas le soleil se lever, on le voit rarement à Paris, ce truc archaïque dans ma tête me réveille toujours à l'heure. J'écris avant que la journée humaine ne commence, avant les vibrations du téléphone, l'accumulation des messages, le grondement de la course, enfin, j'écrivais. Je n'en ai plus la force. On dirait que mon imaginaire est devenu gris, lui aussi, comme si le burn-out avait tout recouvert d'une épaisse couche de cendres. (L'été où mes parents nous amenèrent à Pompéi, mon petit frère éclata en sanglots en voyant les cadavres recroquevillés et gris qui avaient traversé les siècles, saisis dans l'effroi de la mort. Le guide du musée, un petit vieux tout tordu, dit qu'ils n'avaient pas eu le temps de s'enfuir. Le nuage gris avait envahi le ciel, et la cendre brûlante du Vésuve s'était déversée sur eux.) Le mot burn-out n'est jamais traduit. Le médecin a parlé d'épuisement, épuisement professionnel, comme si les flammes n'existaient pas. On ne les voit pas grandir à l'intérieur, on ne les entend pas crépiter, on ne les voit pas danser, on comprend quand c'est trop tard – quand tout est gris et consumé. Je suis incapable d'écrire, mais le truc archaïque me réveille quand même – à l'heure du chat qui me suit en ronronnant dans la cuisine. À l'heure des oiseaux que je n'entends plus, il y avait un merle dans la cour de l'immeuble, on dirait qu'il est parti. Maya termine son assiette, hésitant quelques secondes entre rester avec moi ou retourner dans la chambre où Jean dort encore, choisissant finalement de sauter sur la table pour regarder par la fenêtre. Le ciel prend cette teinte bleue comme l'intérieur d'une flamme qui annonce que le soleil se lève quelque part, alors je fais comme quand j'étais gosse, j'enfile un pull-over et je me mets à lire.

Dans *Man's Search for Meaning*, Viktor Frankl raconte qu'une épidémie de typhus est en train de tuer les derniers survivants du camp de concentration où il est détenu. Cela se passe peu de temps avant le retrait des troupes allemandes, la violence des soldats encore présents s'intensifie, les malades sont livrés à eux-mêmes, les agonies quotidiennes. Le récit de déportation de Frankl fait partie des livres que je ne me lasse pas de relire – chaque page frémit. Après la guerre, Frankl s'est éloigné des théories de Freud, dont il avait d'abord été le disciple. Il ne croyait plus que les pulsions et les frustrations sexuelles étaient ce qui nous tenait en vie, ni ce qui nous donnait envie de mourir. Car Frankl avait observé durant sa détention quelque chose d'étrange et de contre-intuitif. Ce qui donne la force de résister au pire n'est pas la résistance physique, ce n'est pas non plus cette forme d'intelligence rusée et débrouillarde qui fait tirer parti des situations. Ce qui permet de traverser la nuit, croit-il, est un lien mystérieux, une connexion à une chose plus grande que nous. En pleine épidémie de typhus, le jeune médecin qu'il est est frappé par le calme rayonnant d'une femme en train d'agoniser – il faut imaginer l'infirmerie du camp, baraque pleine de cris et de gémissements. Il ne peut s'empêcher de lui demander ce qui la rend si sereine. C'est à cause de l'arbre, lui dit-elle, l'arbre qu'elle regarde par la fenêtre de la baraque. Elle a le sentiment que cet arbre lui parle. Voici ce qu'il lui dit : « *I am here – I am here – I am life, eternal life.* » Je suis là. Je suis la vie éternelle. Je tremble comme si la femme inconnue s'adressait à moi, comme si elle murmurait à travers les pages : C'est ça. C'est ça que tu as perdu. Ce sentiment d'appartenance. Cette connexion à un ancien monde que les mots gris font perdre. Ce n'est pas la première fois que je lis *Man's Search for Meaning*, mais c'est la première fois que ce passage me fait trembler, cette femme, cette femme dont je ne saurai jamais le nom, cet arbre qui lui parle. Le médecin a dit que je souffrais d'épuisement professionnel, comme s'il n'était question que d'un nombre d'heures de travail à ne pas dépasser pour ne pas crever, alors que tout nous incite à le dépasser. « Épuisement professionnel ». « Gérer son temps ». « Poser ses limites ». Ces mots gris qui vous culpabilisent, comme si c'était vous à qui il manquait une case, pas fichu de gérer son temps, pas fichu de poser ses limites. Ces mots gris comme de la cendre qui se déverse encore, encore, ensevelissant la seule chose qui compte : Est-ce que tu y crois, à ce que l'arbre raconte ? Est-ce que tu crois en ton âme – ou pas ? Ce n'est pas mon « hyperactivité » qui est réelle, ce n'est pas mon « emploi du temps ». C'est ce que les mots gris taisent. Ce qu'ils enterrent. Mon âme. Un mot que j'ose à peine prononcer à voix haute, de peur qu'on ne se moque de moi. Un mot que je comprends à peine. À quoi ressemble-t-elle, mon âme ? À ce qui me réveille à l'aube ? Si je perds ça, je ne me fais pas d'illusions, j'aurai beau adapter mon « hygiène de vie », « poser des limites », faire tout ce qu'on me dira de faire, ma vie n'aura plus de sens. Vide existentiel, comme dirait Frankl. Il croyait que c'était ça, le mal en notre monde, la vie perdant son sens.

Frankl ne dit pas s'il a cru la femme, s'il a cru que l'arbre lui parlait pour de bon. Mais il raconte. Il me semble que c'est un aveu.

Et moi, est-ce que j'y crois ? Est-ce que j'oserais y croire sans appréhension, sans effroi ? Le monde gris n'aime pas ce genre d'histoires ni ceux qui les racontent. Il ne pardonne certaines paroles que parce qu'elles sont prononcées ailleurs, pendant la guerre, dans un camp, par une mourante, et qu'il est donc possible de ne pas y croire, de ne pas se poser la question de savoir si on y croit, parce que cette situation extrême ne nous concerne pas. Prière de ne pas se poser la question. *J'y crois ou pas ? À ce que dit cet arbre ?* Prière de soigner son « épuisement professionnel » en adoptant une « bonne hygiène de vie ». Les mots gris sont des gardes, voilà ce que je commence à me dire, postés dans notre tête, ils gardent un secret – auquel ils empêchent d'accéder.

Ce soir, je vais chez Grace. J'ai prévenu Jean que je dormirais là-bas. Grace habite Charenton, juste à côté du bois, on ira sûrement faire une balade demain matin. « Ça va te faire vingt-quatre heures de vacances », a dit Jean. Il avait l'air vraiment heureux pour moi, même si sa joie m'a rappelé celle des anorexiques qui ramènent des brioches pour regarder les autres manger. (Il y avait une fille comme ça dans ma classe en terminale, elle ramenait des viennoiseries à chaque récré et souriait pendant qu'on les mangeait, elle devenait de plus en plus maigre, un matin, elle n'était plus là.) Je ne suis pas dupe, Jean va probablement profiter de mon absence pour travailler toute la nuit. Est-ce pour ça qu'il a l'air heureux ? Depuis que j'essaie de travailler moins, j'ai réalisé que nous passions très peu de temps ensemble. Je ne m'en rendais pas compte avant, mais il a suffi que je prenne la résolution de ne pas rallumer mon ordinateur après le dîner pour constater que je passais mes soirées seule. Au début, ça ne me dérangeait pas, j'étais tellement heureuse de pouvoir lire à nouveau, pas pour le travail, pas dix minutes avant de sombrer dans le sommeil, non, lire pour de bon, pour le plaisir, continuant le soir la lecture du matin (relisant comme une ado ma collection de Stephen King). Tellement heureuse de mener une vie plus lente. (Une vie normale ?) Ça n'a pas été si compliqué de réduire le rythme, il a suffi que j'annonce que je prenais trois semaines de vacances. J'étais surprise de voir que mes interlocuteurs comprenaient, on aurait même dit qu'ils approuvaient, surtout ceux de mon âge, comme s'ils devinaient la vraie motivation de ce congé. (Comme s'ils avaient déjà vécu ça. Ou s'attendaient à le vivre.) Je n'ai maintenu que l'interview d'une experte du GIEC, ce n'est pas le genre de choses que j'ai envie de décaler, même si les synthèses de plusieurs dizaines de pages que je commence à lire me demandent un effort à chaque ligne, à mi-chemin entre l'effort de traduction et d'imagination, pour reconstituer les scènes cachées derrière les chiffres, des scènes qui ont en commun leur température brûlante et leur atmosphère irrespirable. J'ai renoncé au reste, y compris au scénario sur l'amitié de Wolfgang Pauli et de Carl Jung – une amitié née dans les années trente lorsque le futur prix Nobel de physique, souffrant d'un problème d'alcool et d'une vie amoureuse catastrophique, vint consulter le chamane de la clinique du Burghölzli. J'appréhendais la réaction de mon coauteur, mais quand je l'ai prévenu, il a eu l'air plus soulagé qu'autre chose, renoncer à ce projet lui faisait de la peine mais ça ne tombait pas si mal – en ce moment, il est sous l'eau, ses journées ne se terminent jamais avant vingt et une heures, il espère quand même s'arrêter une semaine à

Noël. Un slasher lui aussi, psychanalyste / enseignant / scénariste / coach, la dernière activité étant la plus rémunératrice et celle qui le passionne le moins. On se promet de déjeuner bientôt, dès qu'il sort la tête de l'eau.

Je suis sous l'eau, la rengaine des gens de mon âge, sous l'eau, sous l'eau, comme dans les scénarios du GIEC prévoyant une montée du niveau de la mer d'ici deux mille cinquante, une mer vide de poissons et pleine de méduses et de créatures urticantes.

Depuis que j'ai réduit le rythme, Jean se couche rarement en même temps que moi, sauf les soirs où nous faisons l'amour avec une intensité que je commence à trouver suspecte, comme si nos corps avaient le devoir d'être performants y compris dans le plaisir, pour nous donner l'illusion de rattraper le temps perdu, l'illusion que notre vie vaut la peine d'être vécue, puisqu'il y a ces orgasmes. Comme si nos corps nus, couverts d'une fine pellicule de sueur, étaient chargés d'une mission de sauvetage, nous faire oublier la pression du lendemain, l'accélération du lendemain, la peur du lendemain. Le moment que je préfère est celui où nous restons étendus côte à côte, comme si nous étions deux voyageurs sans visage regagnant nos corps respectifs après une salutation compliquée – il arrive qu'on se mette à rire dans ces moments-là. Quand il rit, le visage de Jean perd sa gravité, retrouvant une fugitive expression enfantine malgré ses cernes et sa barbe naissante. Son mollet qui dépasse du drap, marbré de veines bleues, l'une d'elles labyrinthique, tordue comme un serpent, comme un premier signe de fatigue dans ses jambes. Elles lui font mal, ses jambes, le médecin lui a dit qu'il faudrait opérer, c'est très courant, ces problèmes veineux, mais ça le contrarie, lui qui fait (faisait) partie de ces hommes qui n'attrapent jamais rien, même pas un rhume en hiver. Il faut qu'il réduise le sucre, aussi, il a un peu de glycémie. « Il faudrait que je calme le jeu, moi aussi. Mais là, tout de suite, c'est pas possible. C'est vraiment pas possible. J'ai trop de choses en route. » Étendu sur le dos, Jean semble prononcer ces paroles pour un tribunal invisible nous regardant du plafond.

Son Mac, qu'il n'éteint jamais, tressaille dans l'autre pièce comme s'il comprenait ce qu'il est en train de dire et le rappelait à l'ordre d'un raclement de gorge.

« Peut-être que tu pourrais travailler un peu moins le soir ? » dis-je en me tournant vers lui. Lui aussi se tourne vers moi dans la pénombre. « Le soir, je ne travaille pas », dit-il d'une voix tremblante, « je réponds aux mails en retard et tu sais quoi ? la plupart sont des mails d'amis, des mails de gens que j'aime bien, ce sont eux que je laisse traîner, parce que je sais qu'ils ne m'en voudront pas. » Oh ce paradoxe ! voulant qu'on réponde en dernier aux gens qu'on aime le plus parce qu'on sait qu'eux nous pardonneront, voulant que les liens d'amour se distendent à mesure que les liens sans amour se resserrent. Ne fais pas la même chose avec moi, voudrais-je lui dire, ne me fais pas passer en dernier parce que tu m'aimes. C'est comme ça que le monde gris nous tient. « Tu sais ce qu'on pourrait faire ? dit Jean, on pourrait se garder une soirée par semaine rien que pour nous. Qu'est-ce que tu en dis ? »

On se dit qu'on s'aime et on choisit le mercredi, le jour des enfants et des sorties de cinéma.

Le mercredi suivant, Jean décale notre soirée au jeudi, puis au samedi, à cause d'un article à boucler. Le mercredi d'après, il la décale sans proposer de la rattraper, je vois bien à la façon dont il me regarde qu'il attend que je dise quelque chose mais je n'ai pas envie de lui faire de reproches. Je devine ce qu'il va me dire, je suis sous l'eau, une semaine de dingue, pleine de rendez-vous et d'échéances qui se chevauchent. Je n'ai pas envie de me taper le rôle de la femme compréhensive, ni le rôle de la femme qui rappelle l'homme à l'ordre, pas envie de rentrer dans ce jeu-là, « tu ne tiens pas tes engagements », « tu pourrais t'organiser », « fais un effort pour nous », mots gris sombre, gris métal, gris perle, détournant l'attention de ce qui se passe vraiment, comme si c'était « un problème de couple », comme si c'était « une question de volonté », comme si elle n'était pas toujours aux aguets, en nous et hors de nous, cette force coercitive, toujours prête à sacrifier les besoins les plus humbles, les choses bêtes comme manger, jouer, se reposer, cette force dominatrice prête à tout sacrifier à la féroce volonté de rester dans la course. Il me semble voir Jean galoper dans un couloir, galoper toujours plus vite, il est dressé pour ça, je suis dressée pour ça – mais je ne veux plus obéir. Alors le mercredi, j'accepte l'invitation de Grace. Jean ne l'aime pas beaucoup, il ne l'a jamais aimée, son style de vie marginal lui faisait déjà peur quand on s'est rencontrés. Grace l'impressionnait, je le devinais à sa façon de rester silencieux en sa présence, mais il la tolérait parce qu'elle était mon amie, plus qu'il ne l'aimait. Il n'a jamais lu ses poèmes, il ignore son génie, sa folie – c'est peut-être mieux comme ça, Grace est le genre de fille qui fait peur aux hommes.

Grace n'a jamais été dans la course. Quand nous avions vingt ans, elle le disait déjà. « Je ne suis pas faite pour ça. » Pas faite pour passer un casting (même quand le rôle semblait fait pour elle, j'avais beau la supplier, rien que l'idée de se mettre en compétition la dégoûtait, Grace ne voulait pas *gagner*). Pas faite pour réclamer l'argent que son ex lui doit ni les meubles qu'il a gardés. Pas faite pour ces rivalités, ces tensions – ce monde, dit-elle. Grace et moi nous connaissons depuis le cours Florent – Grace y était arrivée en milieu d'année, avec une demi-heure de retard, un jour de printemps anormalement chaud, portant un paréo noué autour de sa poitrine plate en guise de minirobe et des santiags sur ses jambes nues. Un silence religieux s'était fait à son entrée, même les filles en train de répéter une scène de Feydeau s'étaient tues devant sa beauté anormale – ses pommettes de loup et ses lèvres pulpeuses, son allure d'anorexique ou de toxicomane (alors qu'en vérité elle n'était ni l'une ni l'autre). Le prof, un comédien dont la carrière se limitait depuis longtemps à l'enseignement, lui fit une remarque désagréable, elle venait d'interrompre une scène, on n'entrait pas dans son cours comme dans un moulin, pouvait-elle au moins lui faire l'honneur de se présenter ? Elle le fixa quelques minutes en clignant des paupières. « Grace », finit-elle par dire en haussant les épaules, comme si elle venait d'inventer un nom pour lui faire plaisir. Le prof et toute la classe la regardèrent, hypnotisés, traverser la salle pour s'asseoir à côté de moi. Peut-être parce que j'étais (presque) aussi maigre qu'elle. Notre amitié commença comme ça, nous avions toutes les deux la poitrine plate, une dégaine de chat sauvage et ras le bol que des filles bien intentionnées nous demandent si nous mangions suffisamment, tout ça parce que le poids était leur obsession à elles. Les envoyer balader à deux, c'était plus facile. Grace, malgré sa blondeur et ses cheveux d'ange, était la plus radicale. « Occupe-toi de ton cul, merci. » Jamais je n'aurais osé rembarrer les gens comme ça. Ces filles qui nous soupçonnaient de péché contre l'hygiène de vie n'avaient pourtant pas tort. Même si Grace et moi avions un tempérament nerveux qui nous prédisposait à cette maigreur à la mode (en réalité, je souffrais sans le savoir d'une forme légère de syndrome de Marfan), nous oubliions facilement de manger quand nous répétions un texte, quand nous lisions ou quand nous écrivions, surtout quand nous écrivions, comme si rien ne devait, ne pouvait interrompre notre immersion dans cet autre monde que nous nommions, seulement quand nous étions certaines d'être seules : littérature. C'était notre deuxième ressemblance, plus intime que les os saillants de nos clavicules, Grace et moi devions le découvrir avec un sentiment d'effroi, comme ces animaux qui, voyant leur reflet dans l'eau, l'eau des pages, l'eau des textes lus dans les salles sans fenêtres où nous oubliions si facilement la lumière du jour, découvrent qu'ils sont d'une autre espèce : nous n'étions pas faites pour les castings, mais pour la littérature. À voix très basse, nous prononcions ces syllabes, comme si nous craignions qu'à tout moment, un homme aux tempes grisonnantes et au visage buriné – notre vision du *grand écrivain* – fasse irruption dans la pièce pour nous rire au nez. « Ah ah, la littérature ? Et puis quoi encore ? Il ne faudrait pas péter plus haut que votre cul, les poulettes. » Grace avait essuyé une remarque de ce genre de la part d'un romancier connu, un romancier qu'elle admirait, lors d'un dîner où elle avait avoué qu'elle écrivait des poèmes. Une éditrice à peine plus âgée qu'elle l'y avait conviée, elle croyait en Grace et espérait la publier. « Il ne faudrait pas péter plus haut que votre cul, jeune fille. Même si par ailleurs je n'ai rien contre lui. » L'éditrice potentielle de Grace, qui venait à peine de se faire embaucher, n'avait rien osé répondre. Il était de bon ton de sourire à ce genre de blagues, les filles pétant plus haut que leur cul étant censées comprendre le second degré. Grace n'avait pas dit un mot. Mais au dessert, quand l'écrivain oublieux de sa propre ironie lui avait gentiment demandé de leur lire quelque chose, comme on demande à un gamin de jouer quelque chose au piano pour les adultes, elle lui avait dit ce qu'elle pensait. Quoi exactement ? Grace ne me l'a jamais avoué – seulement que le type était devenu si rouge qu'il avait attrapé une sorte de hoquet, la maîtresse de maison avait craint, un instant, qu'il ne fasse une attaque, sous les regards faussement compatissants de ses invités. Grace n'avait rien regretté, même si elle était consciente de s'être grillée. Quant à moi, qui étais plus ductile et conciliante, au moins en apparence, j'avais pris l'habitude, après la publication de mon premier roman, de susciter l'intérêt érotique d'un certain genre d'hommes que les scènes violentes que je semblais capable d'écrire en dépit de mon air timide incitaient à croire que je cachais ma nature profonde – masochiste à en crever, brune et pâle telle un sosie de Laure attendant son sosie de Bataille pour la révéler, comme si une fille qui écrit devait forcément en mourir, de préférence après quelques orgasmes puissants prodigués par un *vrai* penseur, un *vrai* écrivain, un *vrai* poète – *vrai*, comme sa variante *grand*, signifiant évidemment un homme, maître et possesseur de la littérature, de la nature et de tout le reste.

Comme si une fille qui écrit n'était pas tout à fait un *vrai* être humain.

Pour me rendre chez Grace, je prends la ligne 8 et descends à la station Liberté. Grace est infiniment plus libre que moi, même si sa vie semble toujours en équilibre instable, au bord de la précarité. Après Florent, elle a enchaîné les stages et les petits boulots, avant de trouver un travail dans une boîte de communication. Quand elle a démissionné de son poste de salariée pour faire exactement la même chose – écrire des contenus pour des journaux d'entreprise – mais en free-lance, ses amis (pas ses parents, ça fait des années que Grace ne les voit plus, je sais juste qu'ils ont de l'argent mais qu'elle ne veut rien leur demander), ses amis, dont moi, lui ont dit d'y réfléchir à deux fois. À quoi bon se mettre en danger pour faire – exactement la même chose ? Quand j'avais tenté de la dissuader, Grace avait cligné des yeux comme si mes paroles l'éblouissaient. Et elle avait démissionné. Minimaliste avant l'heure, elle a toujours ajusté son activité à ses besoins, limitant ceux-ci au nécessaire, un nécessaire qui n'a cessé de se réduire avec les années, si bien qu'aujourd'hui, une fois payés le loyer de son deux-pièces au dernier étage d'un petit immeuble sans ascenseur, ses courses, les transports en commun, il lui reste juste assez pour financer la longue randonnée solitaire qu'elle fait dans les Alpes chaque été.

Grace est toujours aussi sexy, je ne sais pas à quoi ça tient, sa silhouette dégingandée, ses joues creuses, les cheveux d'or qu'elle coupe elle-même, juste au-dessous des oreilles, maintenant pailletés de gris. Je ne sais si elle me fait l'effet d'une marginale ou d'une nonne, lumineuse dans sa cellule. La grande table en bois, sur laquelle elle écrit, est dressée pour le repas. Je lui ai apporté des hortensias, je sais qu'elle les adore, elle les dispose dans un vase de faïence ébréché, avant d'allumer une clope.

— Alors ? dit-elle. Tu écris ?

— Non.

— Je peux savoir pourquoi ?

Grace est la seule à me demander pourquoi je n'écris pas – mes autres amis, y compris Jean, croient que le burn-out explique tout (depuis quinze jours, je commence, doucement, à me sentir mieux, le pire est derrière moi, le pire de l'épuisement physique du moins). Mais il y a une autre raison. Comment fait-elle pour le deviner ? C'est précisément de ça que je suis venue lui parler. « On mange d'abord et je te raconte après ? — Comme tu veux, dit Grace. — Et toi, tu écris ? » Bien sûr que Grace écrit. Elle va chercher dans sa chambre – où j'entrevois un mur de livres sans étagères, en équilibre les uns sur les autres, comme une plante coriace grimpant jusqu'à l'endroit où Grace peut encore les atteindre en élevant le bras – une liasse de feuilles A4, qu'elle pose devant moi. « J'ai écrit ça cette semaine. » Une trentaine de pages imprimées en police dix, Grace économise le papier, comme toujours, ce sont des fragments, un mélange de fiction et de pensées, découpés en brefs paragraphes. « C'est l'histoire d'une femme qui se tord la cheville, dit-elle, elle prend le métro aux heures de pointe avec ses béquilles, mais personne ne pense à lui céder sa place. Elle se rend compte que le monde n'est pas fait pour elle, parce qu'elle ne va pas assez vite. » *Le monde n'est pas fait pour les boiteuses et moi, je veux boiter.* Je ne peux m'empêcher de lire cette phrase à voix haute. Combien en a-t-elle, de pages de ce genre, empilées au pied de son lit ou dans son ordinateur ? « Tu devrais publier ça. Je pourrais montrer ce que tu écris, je pourrais t'aider à... » Mais Grace hausse les épaules avant que je puisse finir ma phrase. « Tu sais bien que ce n'est pas pour moi, tout ça. Je suis une boiteuse, moi, comme mon personnage. Je n'arriverai pas au bout de la course, de toute façon. » Je suis toujours inquiète quand Grace parle comme ça. Elle a fait un séjour en HP, à la fin du cours Florent, elle avait tenté de s'ouvrir les veines, mais au dernier moment elle avait changé d'avis, enveloppant ses poignets ensanglantés dans des serviettes éponge, chancelant jusqu'à son téléphone pour appeler le Samu. « Grace, s'il te plaît... — Quoi ? — Laisse-moi t'aider à publier. » Grace ne répond rien. Je sais que ça veut dire non. « Au moins, promets-moi... — Promis. Ne t'inquiète pas pour moi. La vie est belle, tu sais. J'entends une mésange chanter tous les matins, elle doit avoir son nid pas loin. C'est elle qui me réveille. J'écris. Je marche. J'ai du temps pour rêver. Que demander de plus ? »

Notre monde doit être fou pour que les gens comme Grace soient obligés de séjourner en HP. Les gens comme moi se contentent d'appuyer sur pause – un burn-out et ça repart. Parce que si je ne fais rien, ça va repartir, ça va repartir exactement comme avant. Je vais me remettre à courir. C'est justement de ça que je veux parler à Grace. (Ce sentiment d'abuser d'elle, d'abuser de son temps et de son écoute, comme j'abuserais d'une sainte. Peut-être en est-elle une. Je dépose mes problèmes à ses pieds et elle, en échange, ne demande rien, ni que j'apporte le dessert, ni aide pour publier. Rien, en tout cas, de ce qu'on demande d'habitude.) « J'ai peur », dis-je sans oser la regarder. « Peur de quoi exactement ? — De perdre la foi. » Grace et moi n'avons jamais cessé d'envisager la littérature comme une voie spirituelle. Peut-être que c'est le secret de notre amitié, son secret honteux. (Toujours cette peur qu'un type fasse irruption dans la pièce, un type aux tempes grisonnantes et au regard moqueur. Ah ah, une voie spirituelle ! Et puis quoi encore ?) J'ai toujours cru en la littérature, mais je commence à me dire que je fais fausse route puisque la littérature m'a conduite au burn-out. Le burn-out a atteint ma foi. Pas cette foi glorieuse en soi-même que préconisent les coachs de vie, celle-là me fera probablement toujours défaut, mais la foi en l'écriture comme route sinueuse menant à l'âme. « J'ai l'impression d'être perdue. Depuis des semaines, je suis perdue au milieu de nulle part. Je ne te parle pas d'écrire, là, je te parle de ma vie entière. » Grace me fixe un long moment, comme si mes paroles avaient éveillé de minuscules créatures attentives brillant au fond de ses yeux. Puis elle se lève pour terminer tranquillement sa cigarette à la fenêtre, malgré l'air froid qui envahit la pièce. La clope finie, elle enfile un pull-over sur ses épaules frissonnantes et se rassoit face à moi.

— Tu te souviens de ma théorie sur la nuit noire de l'âme ?

Bien sûr que je m'en souviens. C'était l'un de nos sujets favoris quand nous étions à Florent – les écrivains que nous adorions et leurs dépressions. La théorie de Grace était que si la littérature était *vraiment* une voie spirituelle, il était inévitable que ses adeptes traversent, un jour ou l'autre, cette obscurité que les mystiques appellent nuit noire de l'âme, ce moment où toutes les lumières s'éteignent, où nous n'avançons plus qu'en nous cognant aux murs. Les dépressions de Goliarda Sapienza, celles de Hermann Hesse ou de Michel Houellebecq lui apparaissaient comme autant de preuves de sa théorie. Mais la dépression, les passages à vide, la nuit, prouvaient-ils quoi que ce soit en ce qui nous concernait ? Sans même parler de talent ou de légitimité, nous n'en demandions pas tant, comment être sûres que la voie que nous croyions suivre ne nous menait pas au mauvais endroit, ou n'allait pas tout simplement disparaître sous nos pieds ? Quand je lui posais ces questions, Grace me regardait avec pitié. Pour elle, c'était une question de foi. Elle croyait en la littérature, et elle croyait en la nuit. Mais moi, je ne peux même pas prétendre à cette obscurité. Ma nuit ressemble à un couloir toujours éclairé, elle ressemble à une ville dont les moteurs grondent sans arrêt, une obscurité faite de lumière artificielle, où j'habite à perpétuité. Tout va recommencer, me dis-je avec un frisson, dès que j'irai mieux, tout recommencera exactement comme avant. Jusqu'au prochain burn-out. Jusqu'à ce que je tombe malade pour de bon. Jusqu'à ce que… J'allume une cigarette à mon tour, l'avant-dernière du paquet. (Bien sûr, Grace ne dit rien. Ce n'est pas son genre de défendre ce qu'elle possède, même pas ses cigarettes. Je me promets de lui racheter un paquet demain avant de rentrer.) « Si je ne change pas de vie, je vais dans le mur. Mais je ne sais pas comment vivre autrement. – Ma solution à moi, tu la connais, murmure Grace, c'est de renoncer. *No game, no pain.* C'est une façon de se libérer. Mais je ne crois pas que ce soit une solution pour toi. » Non, ça ne l'est pas. Je suis incapable de renoncer au monde, à l'intensité, à ce fardeau que Grace semble avoir réussi à déposer, on ne sait comment, comme un sac vide au bord du chemin. « Alors ne résiste pas, dit-elle. C'est le seul conseil que je peux te donner. Quelque chose t'appelle, on dirait. Ne résiste pas. » Ce serait ça le pire, selon elle, résister à quelque chose de plus fort que moi. « D'après toi, c'est quelque chose de bon ou quelque chose de mauvais ? » Grace hausse une épaule moqueuse, faisant saillir sa clavicule par l'encolure de son pull trop large. « Comment tu veux que je le sache ? C'est ton âme, pas la mienne ! » On se met à rigoler bêtement, il est trois heures du matin, nous nous endormons comme deux gamines après nous être laissées tomber tout habillées sur son lit de moniale.

Le lendemain, les paroles qui m'avaient paru si consolantes la veille me font l'effet de phrases toutes faites – fais-toi confiance, laisse faire la vie – je me sens groggy comme si j'avais pris une cuite alors que je n'ai bu qu'un verre de vin (c'est Grace qui a terminé la bouteille). Je file acheter un paquet de clopes et des croissants, quand je remonte Grace est en train de boire son café, admirant les hortensias épanouis dont les couleurs semblent plus vives que la veille. Je la serre dans mes bras, et puis… écoute, Grace, ça va te sembler maladroit mais on se connaît depuis quinze ans et tu es plus qu'une amie pour moi, on est… On est dans la même classe, dit Grace, sans cesser de fixer les hortensias. (Je ne sais pas si elle fait allusion au cours Florent ou si c'est une sorte de métaphore.) Exactement, on est dans la même classe, alors, si tu as besoin de quelque chose, je veux dire, d'argent, je suis là, voilà, je ne te parle pas d'un prêt mais d'un don, enfin, d'un prêt si tu préfères mais que tu rendras quand tu pourras. J'ai parlé sans respirer, j'en ai presque les larmes aux yeux. J'ai peur de l'avoir blessée mais Grace sourit : « Ne t'inquiète pas pour moi. J'ai tout ce qu'il faut. Et toi, tu te souviens de ce que je t'ai dit cette nuit ? » Grace m'a dit beaucoup de choses cette nuit. Elle m'a dit que forcément j'allais recevoir de l'aide, elle m'a dit que c'était toujours comme ça quand on perdait son chemin. L'aide ne tarderait pas, elle en était certaine. Juste avant qu'on s'endorme, je lui ai demandé s'il fallait que je prie, elle m'a répondu que ce n'était pas la peine, que j'avais sûrement déjà prié sans m'en rendre compte, que tout ce qui m'arrivait était la réponse à cette prière. Une prière dont j'ignore tout en train d'être exaucée – je ne pouvais pas dire que ça me rassurait. Ne t'en fais pas, a dit Grace, l'aide ne va pas tarder, *frappez et l'on vous ouvrira*. Déjà à Florent, Grace avait cette manie de citer des passages de l'Évangile (qui lui valait de jouer tous les rôles de Claudel quand ce n'était pas celui de Jeanne d'Arc). Peut-être que c'est pour ça qu'elle ne veut pas publier, la sainteté est son inavouable vocation. Moi, c'est différent. Je cherche quelque chose qui m'échappe, plus ça m'échappe, plus je cherche, je ne peux pas m'en empêcher.

L'âme n'était pourtant pas un mot qu'on prononçait souvent dans ma famille. Ma mère a toujours été athée, fidèle en cela à sa lignée paternelle – mon arrière-grand-père fut un flamboyant anarchiste de Sicile, qui alla jusqu'à refuser l'extrême-onction sur son lit de mort. Quant à mon père, il faisait partie de ces hommes d'action qui ne se posent pas de questions métaphysiques faute de temps. (Tout ça n'empêcha pas mes parents de nous inscrire au catéchisme, officiellement pour que nous puissions nous faire notre opinion par nous-mêmes, en vérité par désir d'intégration à une bourgeoisie parisienne dont ni l'un ni l'autre ne faisaient partie.) Il faut croire que ce sont mes grands-mères qui m'ont inoculé la nostalgie d'un autre monde, plus ancien, plus frémissant que celui-ci – mais invisible. Je me souviens des efforts de Maria-Yolanda, tentant chaque été de m'apprendre l'art de diriger mes rêves. Sa propre grand-mère le lui avait transmis à l'adolescence, quand elle la rejoignait pour les vacances, quittant l'étouffante chaleur du quartier sicilien de Tunis pour la grande ferme de Sedjoumi, où ma bisaïeule l'attendait pour lui enseigner diverses méthodes visant à rester lucide à l'intérieur d'un rêve. Je revois ma grand-mère me dire, tout en sirotant son café au lait, qu'être consciente de rêver lui permet de retourner régulièrement sur les lieux de son enfance sans prendre de billet d'avion. Mais ça n'est qu'un exemple, s'empresse-t-elle d'ajouter, le plus important se trouve ailleurs. Ma lucidité onirique se borne malheureusement à m'éjecter en catastrophe de cauchemars où des démons me poursuivent dans des couloirs compliqués – une nuit, me souvenant du conseil de Maria-Yolanda, je décide de leur faire face et j'ai la surprise de les voir devenir transparents, avant de s'évaporer. Quant à Rose, la mère de mon père, chaque fois que nous lui rendons visite en Alsace, elle me raconte des histoires de spectres marchant le long de la route en lisière de forêt – on était en voiture, on croyait voir quelqu'un, une vieille femme chargée de fagots, une mule montée par un jeune homme étrangement courbé, on s'arrêtait pour l'aider, mais ni la vieille femme, ni le jeune homme, ni la mule n'arrivaient jamais à votre hauteur, comme s'ils s'étaient volatilisés. Ma grand-mère paternelle croit que ces revenants ont connu une mort brutale, probablement assassinés, probablement pendant la guerre. Chaque fois qu'elle me raconte ces histoires au petit déjeuner, avant que mes parents ne soient levés, Rose jette un coup d'œil furtif vers la porte de la cuisine, exactement comme Maria-Yolanda le fait l'été. Ce ne sont pas les cauchemars ni les spectres qui les inquiètent mais la réaction de mes parents, s'ils apprenaient que mes grands-mères contrecarrent de bon matin l'éducation française cartésienne qu'ils s'efforcent de me donner.

C'est l'année où j'entre au cours Florent, celle où je rencontre Grace que mon âme fait son coming-out, comme si elle sortait de l'obscurité pour affirmer son existence devant d'autres que moi. Nous sommes une petite bande d'apprentis comédiens, d'apprentis poètes, d'apprentis romanciers, d'apprentis journalistes, se retrouvant pour répéter des scènes ou lire toute la nuit des textes à voix haute, il y a même parmi nous un apprenti policier qui rêve de devenir commissaire à la Criminelle. Tous ces jeunes adultes ne se ressemblent pas, certains ont encore une maturité d'adolescents – je fais partie de ceux-là – d'autres comprennent déjà l'importance de se faire un réseau pour obtenir un stage, un rôle, un entretien. Ils n'ont pas non plus tout à fait le même âge, certains croient encore que les rêves se réalisent, d'autres ont déjà un travail qui n'a rien à voir avec leurs rêves, les colocataires d'un grand appartement délabré du côté de l'avenue de Flandre sont devenus les hôtes officiels de répétitions nocturnes où tous finissent par se retrouver, ils ne se ressemblent pas mais ont un point commun : ils cherchent. Les garçons, les filles que je fréquente sont tous embringués dans ce qu'il faut bien appeler une quête spirituelle. Elle est la dernière chose qu'ils dévoilent, à la fin d'un long tête-à-tête, quand ce n'est pas à la fenêtre, vers une heure du matin, quand personne ne peut entendre ce qu'on dit, à cause de la musique et de la fête qui bat son plein. L'âme est leur obsession secrète – forcément secrète, comme si on avait toujours peur d'être ridicule au pays de Descartes, comme s'il fallait faire semblant d'être au-dessus de ça, de sorte que ces confidences-là arrivent toujours en dernier dans l'histoire d'une amitié, après l'aveu des peines de cœur, l'aveu des rêves secrets, l'aveu de l'enfance malheureuse, l'aveu des abus sexuels (inévitable dans l'amitié entre filles), vient l'aveu le plus intime, l'aveu de ce qu'on cherche et qu'on ne peut nommer. Grace fait chaque année le chemin de Compostelle (ce n'est pas encore à la mode, elle préfère dire qu'elle part camper). Parmi les apprentis poètes, quelques-uns se disent croyants. Mais quelle que soit leur religion, ils cherchent quand même autre chose qui ne se trouve pas dans le Livre, quoi ? ils ne sauraient le dire, comme si la vérité les guettait forcément à une bifurcation. Il y a aussi le clan des bouddhistes, ceux que Grace surnomme les as de la méditation, les garçons les plus sexy en font partie, un apprenti photographe a déjà fait deux tours du monde, est-ce la méditation qui lui donne cette assurance narquoise ou la fortune de son père ? peu importe, il est solaire. Enfin vient le clan des guérilleros de la spiritualité, celui des fraternités. L'apprenti comédien le plus doué de notre bande fréquente les Alcooliques Anonymes, il croit qu'une puissance supérieure veille sur lui, ou du moins aimerait y croire. Quant à moi, je crois en la littérature, mais comme mon âme m'attend toujours là où je ne l'attends pas, je finis par suivre l'apprenti photographe à une initiation au zen.

Je me demande où ils sont tous aujourd'hui. L'apprenti comédien, l'apprenti détective, l'apprenti journaliste – tous ceux qui cherchaient leur âme. Il n'y a que Grace que je voie encore, car ce qui nous relie n'a jamais dépendu des choses que nous pouvions faire ensemble. Je sais que l'apprenti photographe est devenu directeur artistique, quant au comédien le plus doué de notre classe, il paraît qu'il est devenu psy. Est-ce qu'ils sont épuisés, eux aussi ? Est-ce qu'ils se demandent où est passée leur âme, si on la leur a prise sans qu'ils s'en rendent compte – est-ce qu'ils rêvent parfois d'aller la chercher ?

Je retourne au centre de méditation avec l'apprenti photographe, puis seule. Je ne manque plus un seul enseignement de Jacques, c'est le nom du prêtre qui enseigne le zen. Jacques Breton est prêtre, mais sa vie ressemble à celle d'un aventurier. Il a d'abord choisi d'être ermite, passant quatre ans seul dans une forêt de Sologne, puis a quitté la France pour vivre plusieurs mois dans un monastère zen, auprès d'un maître japonais. Déjà âgé et soucieux de transmettre, Jacques a transformé un petit appartement en dojo. L'amitié entre nous est mystérieuse et immédiate. Du moins, Jacques se considère comme mon ami, moi, je le considère comme mon maître mais je sais qu'il n'aime pas ce mot. Jacques m'enseigne l'art de plonger dans le silence et m'offre des livres – un recueil de koans, un recueil de sermons d'Eckhart, et les récits de voyage d'Alexandra David-Néel. Quand je lui fais part de mon intérêt pour le bouddhisme tibétain, il m'encourage. Il faut expérimenter, selon lui, vivre les enseignements, ne pas s'enfermer dans les a priori, fussent-ils religieux (ce syncrétisme audacieux lui a valu certaines inimitiés, m'avoue-t-il, les plus conservateurs de ses pairs le jugeant un peu trop révolutionnaire pour un homme d'Église). Sur les conseils de Jacques, je fais donc une retraite dans une sangha bouddhiste, avant d'en faire une autre dans une communauté chrétienne, je recommence trois années de suite, tout en continuant à pratiquer le zen. Cette éducation religieuse peut sembler étrange mais c'est exactement celle qu'il me faut – je crois que mon maître le sait, Jacques savait exactement les détours, les méandres dont une âme avait besoin, comme s'il les voyait à l'œil nu. Sans doute savait-il aussi ce que je lui avouerais un soir, alors que je l'aide à ranger les bancs et les coussins après une session de méditation : Je ne me sens à ma place nulle part. « Tu en souffres ? » dit Jacques. Non, je ne peux pas dire que j'en souffre. C'est juste que j'ai du mal à faire partie d'un groupe. Même en retraite, il y a toujours un moment où je me sens oppressée, comme si je ne pouvais pas vraiment faire partie d'une communauté. Qu'elle soit bouddhiste ou chrétienne, ça ne change rien à l'affaire, même quand j'ai voulu suivre un programme en douze étapes, c'était pareil. (J'ai fréquenté quelques mois les Codépendants Anonymes, je n'ose avouer à Jacques ma honteuse motivation secrète qui était d'y faire une rencontre, les mecs qui fréquentent les fraternités ont quelque chose qui m'attire, quelque chose de sexy et de mélancolique). Chaque fois que je me retrouve trop longtemps dans un groupe, je finis par avoir l'impression d'être en cage et je ne pense plus qu'à m'échapper, comme s'il me manquait un élément vital. « Bien sûr qu'il manque quelque chose, dit Jacques. Bien sûr qu'il manque quelque chose d'essentiel. » Je n'ose pas demander quoi de peur qu'il ne dise plus rien, mais Jacques poursuit : « Il manque le chant des oiseaux. » Je dois le regarder d'un air ébahi, parce qu'il sourit quelques secondes, avant de redevenir sérieux. « Quand j'étais ermite, les oiseaux étaient mes voisins. Je reconnaissais leur voix, leur façon de chanter, je finissais même par reconnaître leur humeur, rien qu'à la façon dont ils se posaient ou s'envolaient tout à coup. On croit qu'être ermite, c'est être seul. Mais c'est tout le contraire, ta communauté s'élargit quand tu es dans la forêt. Cet élargissement, c'est quelque chose qu'une communauté humaine ne pourra jamais te donner. Il te faut des amis humains, évidemment. Mais ça ne suffit pas. Il faut fréquenter des mondes qui ne ressemblent pas au nôtre, des mondes plus vastes. Le mien était en Sologne. Et le tien, alors ? Où est-il ? » « Dans les livres », dis-je, soudain au bord des larmes. « Donc tu vas écrire des livres, dit Jacques. C'est bien. C'est très bien. Maintenant, aide-moi à ranger les coussins. »

Voilà bien longtemps que je n'ai pas revu Jacques, il a plus de quatre-vingts ans et n'habite plus Paris. Je me demande ce qu'il me conseillerait pour arrêter la course. On dirait que c'est impossible que ça s'arrête. Impossible d'arrêter de courir, impossible d'empêcher la montée des températures, les canicules, les incendies, comme si la course ne cessait de produire sa propre chaleur, transformant les rivalités, les tensions, les désirs inavoués, en autant de frottements se changeant en étincelles sur le point de tout embraser. Je viens de lire un scénario dit médian de réchauffement climatique, presque trois degrés, mais pas tout à fait, j'imagine ces arbres, ces bêtes, ces gens fuyant les flammes, ne parvenant plus à respirer, ne trouvant plus à boire que de l'eau empoisonnée. Les grandes forêts de Sologne, celle où Jacques vécut, pourraient brûler, les pinèdes de mon enfance, plus exposées encore, brûler entièrement. Pins noirs aux branches crochues, cendres de tourterelles. Mais personne ne s'arrête. Trop de choses en cours, comme dirait Jean. Comme si un chœur d'hommes chantait ça jour et nuit, dans toutes les langues du monde, dans toutes les salles de réunion climatisées, un chœur d'hommes en gris qui ne se connaissent pas mais chantent tous ensemble, étonnamment synchrones et unis. Trop de choses en cours, trop de coups partis. Impossible de s'arrêter. Aussi impossible que les vœux du Grand Véhicule que Jacques nous faisait psalmodier à l'aube lors des retraites. SHU JO MUHEN SEI GAN DO. BON-NO MUJIN SEI GAN DAN. *Si nombreux que soient les êtres, je fais le vœu de les libérer tous. Si nombreuses que soient les illusions, je fais le vœu de les vaincre toutes.* Peut-être qu'il n'y a que les choses impossibles qui valent le coup.

Demain, j'interviewe l'experte en réchauffement climatique. J'ai consulté sa bio, avant de collaborer au GIEC, elle a fait partie du cabinet d'un premier ministre. Je me dis qu'il faut que je lui pose des questions intelligentes. Quels pays souffriront le plus de la hausse des températures ? Je connais déjà la réponse, les pays du Sud, l'Inde, l'Afrique, l'Australie connaîtront des vagues de chaleur infernales. Infernal n'est pas un mot exagéré, à une température de cinquante degrés, le corps des mammifères à sang chaud se dérègle, devenant un four où les organes sont enfermés. La question dans la question, ce que je voudrais que l'experte me dise, c'est si elle pense qu'on s'entraidera, si elle estime possible une forme de solidarité – ou si ce sera chacun pour soi ? Combien le scénario médian prévoit-il de morts ? Enfin, une question commence à me hanter, bien que je ne sois pas sûre d'oser la poser – pourquoi est-ce si difficile de traduire le langage des rapports, ces chiffres, ces mots techniques, pourquoi est-ce si difficile de les traduire en images, pas en schémas mais en visions, en couleurs vives, en rêves prémonitoires, en tout ce qui résonne dans l'imagination ? Pourquoi ne voyons-nous pas ? Parce que nous avons perdu l'habitude d'imaginer – parce que notre imaginaire est affaibli, blessé, mourant ?

J'aimerais pouvoir faire quelque chose, ne serait-ce que prier. Il y a une prière bouddhiste qui ressemble à une prière chrétienne, elle consiste à souhaiter du bien à quelqu'un qui souffre, mais ce souhait doit être visualisé, d'une façon très précise, en procédant en deux temps. D'abord, en imaginant la souffrance, par exemple, si la personne boite, qu'elle a un problème à la jambe, on imagine la chambre d'hôpital, l'angoisse avant l'opération, tout cela avec le plus de détails possible. Ensuite, on visualise la guérison, là aussi en détail, la personne marche à nouveau, la rééducation se passe bien, les soignants la félicitent, toute sa famille est réunie le jour de sa sortie… La force de cette visualisation, sa magie – comme souvent avec le bouddhisme tibétain qui mêle d'anciennes traditions chamaniques à la sagesse des yogis – vient de s'enrouler à la respiration, au souffle qu'elle accompagne. On inspire l'image de souffrance, on la prend en soi, et on expire en donnant l'image de joie. D'où le nom de cette pratique, *tonglen*, qui signifie donner et recevoir. J'aimerais être capable de donner quelque chose, ne serait-ce qu'une image, à ceux qui passent leur vie à courir dans des couloirs et s'éveillent en sursaut au milieu de la nuit. Je n'ai aucun mal à imaginer leur souffrance, je la connais trop bien, les yeux asséchés à force de lumière bleue, le sommeil qui se troue, le corps qui s'épuise, le sens de la vie se déchirant comme un ourlet, comme un tissu perdant sa trame – combien sommes-nous à la partager, cette souffrance-là ? hommes gris, femmes grises – mais je suis incapable d'imaginer la guérison. L'image me manque. Je refuse d'imaginer que les hommes gris partent en vacances, se payent un tour du monde pour revenir en pleine forme, plus féroces et avides que jamais, non, je veux une image qui change tout – et je n'imagine rien. Je n'ai rien à perdre, je suis coincée sur une planète en flammes, mais je n'imagine rien, comme si une frontière limitait mon imagination, l'interdisait, et que l'image que je cherche se trouvait juste derrière, inaccessible.

Tu crois que les prières marchent ? dis-je à Jean. Il me regarde en haussant le sourcil, mi-ému, mi-goguenard. Quoi, tu trouves ça naïf ? Non, pas du tout, j'adore que tu sois comme ça, dit-il, caressant virilement sa barbe de trois jours. Comme ça comment ? J'adore que tu croies en ce genre de choses. Tu trouves ça sexy, c'est ça, tu trouves ça féminin ? Non, ce n'est pas ce que j'ai dit. Mais si, c'est ce que tu dis, je suis une femme qui réenchante le monde, enfin, le monde, n'exagérons rien, son foyer, c'est déjà ça, je réenchante notre foyer avec mon gentil grain de folie, c'est ça ? Tu surinterprètes, dit Jean, poussant un long soupir d'homme accablé par sa journée de travail qui attendait autre chose ce soir de sa compagne. Ce n'est pas quelque chose de gentil. Quoi ? soupire l'homme accablé par sa longue journée. Croire que les prières marchent, dis-je. Ce n'est pas quelque chose de gentil. Jean me regarde d'un air navré – un air de je ne suis pas d'accord mais je ne dis rien parce que je n'ai aucune envie qu'on s'engueule maintenant. Il faut dire que nous n'avons le cœur léger ni l'un ni l'autre. Lui aussi est plongé dans les scénarios du GIEC. Jean doit se rendre à Londres la semaine prochaine pour interviewer Jared Diamond, l'historien américain s'y trouvera pour un colloque, il a accepté de réagir aux conclusions du rapport. Jean a déjà interviewé Diamond, il y a deux ans, pour la sortie de son livre *Effondrement.* (Un grand œuvre dont le sous-titre, *comment les sociétés décident de leur disparition ou de leur survie*, laisse malgré tout briller une lueur d'espoir. Les sociétés disparaissent quand l'environnement naturel se dégrade et que les dirigeants, au lieu d'en tenir compte, commettent des séries d'erreurs, comme se lancer dans des conflits sanglants ou dans l'organisation de sacrifices humains.) Dès le début du dîner, Jean m'a regardée d'un air sombre – l'air d'un homme qui vient de lire un rapport de climatologues. « C'est terrible. Terrible. Nous avons tout détruit. » Maya nous observe, assise comme un sphinx dans l'angle de la cuisine, écoutant cet acte de contrition avec son habituel détachement félin. « Nous sommes une espèce meurtrière, dit Jean. Nous sommes des assassins. Nous avions tout et nous avons tout détruit. De grands singes fous, voilà ce que nous sommes. — Ça n'avance à rien de dire ça. — Quoi ça n'avance à rien ? Tu les as lus comme moi, les scénarios, tu ne peux pas nier ce qu'on a fait. » Je ne nie pas, mais ce pessimisme me terrifie, comme une coquetterie masculine dissimulée, élaborée, elle va si bien avec ses yeux clairs et son visage pâle, sa mélancolie d'homme blanc se flagellant pour ce qu'il a fait à la planète, scandalisé par la bêtise criminelle de l'espèce humaine, tirant d'un grand geste dramatique la couverture à lui. Le pessimisme est une tentation à laquelle on ne peut pas céder, dis-je, tentant de donner à ma voix l'assurance que je n'ai pas, remarquant des fissures sur le carrelage de la cuisine, des zigzags que je n'avais jamais vus avant, l'usure du temps qui finit par fendre les choses et les casser. Et que proposes-tu, toi, pour ne pas céder au pessimisme ? demande Jean, blessé dans sa contrition. Tu crois que les prières marchent ? dis-je.

On en est là. À se regarder en chiens de faïence comme si on faisait partie de deux clans opposés. « Tu crois en ton âme, Jean ? » Cette fois, il me dévisage d'un air indigné. « Tu crois que je n'ai pas d'âme, c'est ça ? — Bien sûr que non. Mais toi ? Est-ce que tu y crois, toi ? — Mais… mais évidemment ! — Tu ne trouves pas ça bizarre ? La plupart d'entre nous auraient peur d'affirmer qu'ils n'ont pas d'âme. Nous refusons de nous considérer comme des morceaux de viande, voués à manger, nous reproduire et mourir. Nous croyons en notre âme, mais nous refusons de l'imaginer ou de croire en son pouvoir. Comme si notre âme était forcément une chose évanescente, inoffensive, jolie comme une jeune fille morte, une Ophélie noyée. Mais mon âme n'a rien à voir avec ça. — Elle ressemble à quoi ? dit Jean — Je n'en sais rien. » Maya s'étire, quitte sa pose de sphinx, se roule aux pieds de Jean pour quémander une caresse. « Elle perd pas le nord, celle-là », dit-il tout en caressant son petit ventre velu. L'atmosphère se détend, nous parlons d'autre chose, nous finissons par faire l'amour.

Je passe ma dernière semaine de repos à découvrir de nouvelles librairies, profitant de ces journées un peu lâches où, au lieu de courir entre deux rendez-vous, j'ai du temps devant moi. (Je me suis promis de ne plus courir. Je ne sais pas combien de temps je tiendrai cette promesse, combien de temps je résisterai à la course, au rythme de la course, au crépitement de la course.) Une minuscule librairie spécialisée en spiritualité a ouvert non loin de Saint-Sulpice, cela fait plusieurs fois que je m'y rends mais chaque fois je trouve un mot sur la porte. *Là dans 5 mn. Merci.* Le jour où la porte s'ouvre enfin, je suis la seule cliente. L'espace est si petit qu'il n'y a pas de table centrale, les livres sont rangés le long d'un mur, sur des étagères Ikea. « Vous cherchez quelque chose en particulier ? » La libraire doit avoir une quarantaine d'années, sa voix est suave comme celle d'une petite fille. (Je me demande si c'est sa voix normale ou si c'est à force d'être trop gentille ?) Je jette un coup d'œil rapide au rayon des ouvrages New Age, j'ignore pourquoi leurs couvertures sont toujours mauves ou vert pâle, peut-être que c'est censé rassurer sur leur contenu, tendre et positif. Mais ce qui m'impressionne le plus, c'est la collection d'ouvrages bouddhistes réunis sur les étagères de Marianna, c'est son nom, nous sympathisons rapidement, passé mon malaise initial avec sa voix. « Les maîtres du bouddhisme tibétain se sont tous donné rendez-vous ici, on dirait. » Marianna me dit qu'elle n'a aucun mérite, elle fait partie d'une sangha depuis quinze ans, alors forcément, elle connaît ses classiques. « Qu'est-ce que tu cherches exactement ? » La même chose que tout le monde, j'imagine, j'aimerais prier pour les autres, devenir un peu moins égoïste. Marianna me dit que dans ce cas, les livres ne suffiront pas. « Il y a une méditation sur la compassion ce soir. Pourquoi tu ne m'accompagnerais pas à la sangha ? — Parce que j'ai du mal avec les groupes. Ça n'a rien à voir avec ta sangha. » Ma nouvelle amie hoche la tête comme si je la décevais. « Comme tu voudras. Mais tu n'arriveras à rien si tu ne pratiques pas. Tous ces bouquins disent la même chose. Il faut suivre un maître, il faut vivre les choses pour de bon. — Je sais. » Je repars quand même avec deux livres sous le bras.

Le lendemain matin, je me réveille comme d'habitude à l'aube pour lire *La voie commence là où vous êtes*, j'ai besoin de démarrer la journée sur une note spirituelle, d'autant que mon rendez-vous avec l'experte du GIEC est prévu l'après-midi. L'auteure, Pema Chödrön, est une nonne bouddhiste américaine. Elle fut l'élève de Chögyam Trungpa, l'un de ces maîtres des hauts plateaux du Kham qui, après avoir fui l'invasion chinoise dans les années soixante, devinrent les messagers du bouddhisme tibétain en Occident. Dans le chapitre consacré au *tonglen*, cette prière particulière pour soulager la souffrance des autres, Pema Chödrön conseille, avant même de commencer, de « faire surgir l'esprit d'éveil » – de se relier à cette volonté de faire quelque chose, n'importe quoi, pour que toute cette peine, toute cette aliénation diminue un peu. Et que préconise-t-elle pour que surgisse cette volonté, cet esprit qui nous pousse à faire de notre mieux en plein chaos ? Penser à quelque chose d'horrible. Tel est le conseil. Se souvenir d'une situation intolérable où nous aurions tout donné, tout, pour que cesse la souffrance dont nous étions témoin. C'est dans cet état d'urgence qu'il faut pratiquer, dit-elle.

Je me souviens d'un oiseau aux ailes engluées de pétrole, s'extrayant d'un océan noir.

J'avais sept ans quand j'ai vu cet oiseau se suicider, oui, je crois toujours que c'était un suicide, en replongeant dans la marée noire dont il venait juste de sortir. Je l'ai vu par écran de télévision interposé, mais ça aurait aussi bien pu se passer sous mes yeux. Après ça, j'ai fait une crise de nerfs. Je me souviens de mon père tentant de me rassurer en me disant qu'il était mort sur le coup, qu'il n'avait pas souffert, qu'il avait cessé de respirer à peine plongé là-dessous – cet enfer noir – mais je refusais de le croire. Je voyais l'oiseau vivant, s'enfonçant lentement dans les ténèbres, les ténèbres s'enfonçant dans ses yeux et ses oreilles, j'avais l'impression qu'il souffrait toujours, j'avais l'impression que cet oiseau, c'était moi. Cette douleur, même aujourd'hui, on dirait que c'est la même. Chaque fois que je lis un fait divers, que j'entends parler d'un désastre, d'une chose dont on voudrait qu'elle n'ait jamais eu lieu, je revois la marée noire qui avale l'oiseau. Encore et encore, la marée noire avale l'oiseau. Il suffit que je pense à lui pour vouloir que ça s'arrête. Pas comme je veux aujourd'hui, avec ma prudence timorée d'adulte, mais comme je voulais à sept ans, quand j'aurais donné ma vie pour sauver cet oiseau, parce que j'étais lui et qu'il était moi.

L'interview avec l'experte du GIEC a lieu par téléphone, elle n'habite plus Paris, l'heure n'est pas encore aux appels en visio, je ne vois donc pas son visage. Mes premières questions portent sur les coûts du réchauffement, l'experte me confirme que les chiffres des rapports précédents sont sous-estimés, le chaos climatique, même maîtrisé, coûtera bien plus cher que cinq mille milliards d'euros. L'experte doit avoir une soixantaine d'années, j'apprécie ses explications sérieuses et didactiques. Il y a quelque chose de brave et douloureux dans sa voix comme si, tout en parlant, elle s'efforçait de comprimer une blessure en train de saigner. L'experte évoque le scénario optimiste, celui où le réchauffement ne dépasserait pas deux degrés. Je lui demande si c'est le scénario le plus probable. Je ne sais pas, dit-elle. Personne ne le sait. Nous sommes entrés dans une phase de grande instabilité, dit-elle, vous savez ce que c'est un système instable ? Un système où le moindre mouvement a des conséquences incalculables ? C'est ça, dit l'experte. Incalculables.

Mais si les conséquences sont incalculables, s'en tenir aux chiffres, même pour dire qu'on va prendre cher, c'est une erreur, non ? Je ne pose pas cette question à l'experte. Je répète seulement : Incalculables ? Incalculables, répète-t-elle de sa voix de femme courageuse en train de comprimer une blessure dont elle n'a pas envie de parler. S'en tenir aux chiffres, c'est comme dire épuisement professionnel au lieu de consumée. C'est pire qu'une erreur, c'est un interdit. L'interdit de raconter l'histoire d'une autre façon, comme si les économistes, les techniciens, les gestionnaires étaient les seuls narrateurs autorisés. Mais où sont passés les autres ?

Finalement, je pose à l'experte une question sur le coût des morts. Comment est-ce qu'on le calcule ? C'est indexé sur le PIB ? Je ne cherche pas à la piéger. Je veux comprendre comment les morts sont racontés dans les scénarios du futur, l'importance accordée à ces personnages sans nom, fragilisés par les problèmes respiratoires et les pics de chaleur, milliers de personnages recroquevillés à l'ombre de toits en tôle, tentant de fuir des pays ravagés par la guerre et la sécheresse, avec le fol espoir d'un climat tempéré. L'experte commence par me dire que ça dépend des modèles. Dans certains modèles, le coût d'un mort dépend effectivement du PIB, ce qui signifie qu'un mort américain vaut dix fois plus qu'un mort bangladais, dit-elle de sa voix grave, un mort français se situant quelque part entre les deux. Dans d'autres modèles, au contraire, on prend un coût moyen. L'experte pousse un soupir douloureux, comme si le sang finissait enfin par s'échapper, tachant sa chemise élégante malgré tous ses efforts pour l'empêcher de couler. Cette question d'estimer le coût des morts, ce n'est pas une question facile, vous savez. C'étaient des discussions sans fin, dit-elle. Des discussions horribles.

Milliers de personnages sans nom ni sépulture.

Avant que le silence ne devienne gênant, je lui demande ce qu'il faudrait faire pour que le réchauffement ne dépasse pas deux degrés, ce chiffre qui en quelques mois à peine s'est gravé dans les esprits, l'encoche à ne pas dépasser sous peine de chaos. Que faudrait-il faire, selon vous, pour ne pas franchir le seuil ? C'est la fin de l'entretien, je m'attends à ce que l'experte conclue en parlant d'innovation, de tri des déchets, d'économie circulaire, d'énergie renouvelable, une réponse de scientifique, prudente mais raisonnablement confiante malgré tout. Au lieu de ça, sa voix se brise. Il faudrait, il faudrait… Rien ne vient, aucun mot. C'est inimaginable, vous savez. On ne peut pas imaginer. On est incapables d'imaginer.

II

Magie sympathique

(Hiver 2008)

Les dieux de la productivité ont dû décider que ma période de convalescence était terminée, car mes activités recommencent à se multiplier. Même si elles se multiplient avec une modération relative, même si je surveille les heures passées derrière mon écran avec la circonspection d'une ancienne toxicomane devant une substance addictive, les mails crépitent comme des étincelles, tout recommence, ce n'est qu'une question de semaines, tout va recommencer. Je m'éveille au milieu de la nuit comme si mon âme m'appelait au secours, et je n'ai aucune idée de ce que je peux faire pour la sauver. Alors quand Marianna, la libraire à qui j'ai acheté les livres de Pema Chödrön, me propose de l'accompagner à un enseignement sur la compassion le dimanche suivant, « c'est ouvert aux extérieurs, tu n'as pas besoin de faire partie de la sangha », j'accepte sans me poser de questions. Jean fait la tête, il voulait justement me proposer de faire « quelque chose ensemble » ce dimanche-là. On a toujours autant de mal avec nos sorties du mercredi, si elles ne sont plus sauvagement annulées, il est rare qu'elles aient lieu le mercredi, elles planent au-dessus de la semaine, attendant le bon moment, comme une lumière timide filtrant par les interstices de nos emplois du temps. « La météo a prévu une journée exceptionnellement ensoleillée dimanche », dit Jean qui aurait voulu aller marcher en forêt. « On peut remettre au week-end suivant ? » Il me lance un regard désespéré, je devine que la semaine prochaine, il ne pourra pas, il sera en plein bouclage. « Je ne sais pas, il faut que je vérifie mon agenda », dit-il. On ne va quand même pas sortir nos agendas pour planifier notre prochaine sortie comme deux collègues de travail ? Alors qu'on vit ensemble ? Bien sûr que si. Comme tout le monde. Sinon cette sortie n'aura jamais lieu, c'est aussi simple que ça.

Je me retrouve donc dans le métro avec Marianna, un dimanche matin à huit heures, pour me rendre à Levallois, c'est là que Sogyal Rinpoché, le lama tibétain qu'elle considère comme son maître, doit donner son enseignement. Je n'ose pas avouer à Marianna que je me suis fixé un but. Ce soir, je veux être capable de prier pour tous ceux qui ont grandi entre deux marées noires, ceux dont l'âme perd ses couleurs, ceux dont les conversations amoureuses se limitent à des commentaires sur l'actualité, vie perso, vie pro, *as dead as a dodo*. Je veux prier pour eux comme s'ils étaient moi, pour moi comme si j'étais eux. Peut-être que c'est égoïste. Je me focalise sur les gens de mon âge, ceux qui me ressemblent. C'est quand même moins égoïste que de ne penser qu'à ma gueule. Peut-être que je suis folle d'espérer que quelque chose change. Mais je n'ai pas le choix. Si rien ne change, la suite de ma vie va ressembler à quoi ? Si j'étais le personnage d'un roman réaliste, je dirais que les lois du réalisme social ne me réservent rien de bon. Une histoire linéaire racontée par un narrateur omniscient – l'histoire d'une femme que sa vie épuise, elle vit avec un homme qui lui ressemble, ils ont des burn-out réguliers mais ils apprennent à les gérer, ils gèrent énormément de choses, y compris ce qu'ils appelaient leur amour il y a longtemps, leurs vacances leur servent de cures de sommeil, au bout d'une vingtaine d'années, quelque chose finit par lâcher, elle meurt avant d'avoir atteint l'âge de la retraite, ce qui n'est pas plus mal car celle-ci est estimée à neuf cent cinquante euros malgré ses nombreuses et épuisantes activités, son compagnon lui survit quelques années avant de connaître le même sort, ils ne laissent pas d'enfants derrière eux, le réchauffement a franchi le seuil des deux degrés – ou l'histoire bifurque. Ou je retrouve mon âme. J'ai toujours préféré le réalisme magique de toute façon. À la station Strasbourg-Saint-Denis, quelques gars défoncés titubent vers la sortie, Marianna et moi montons dans une rame presque vide. Quelques minutes plus tard, alors que nous remontons la rue qui mène au centre de méditation, je ne peux m'empêcher de lui demander ce qu'elle attend de cette journée. Je n'attends rien, dit-elle, je profite de l'instant, c'est tout. Je suis un peu déçue. (Mais si elle espérait follement voir Dieu ou atteindre l'Éveil, pourquoi après tout me le dirait-elle ?) Arrivée dans la grande salle de méditation, Marianna rejoint un groupe de filles de notre âge, je m'assois en tailleur à côté d'elles. Le maître finit par arriver avec deux heures de retard, Sogyal Rinpoché porte une longue robe safran, son regard brille d'un éclat amusé derrière ses lunettes rondes. Marianna et ses amies le suivent des yeux avec une adoration qui me gêne, non que je sois contre l'adoration, mais je suis toujours gênée quand une certaine lueur de soumission s'allume dans l'œil des femmes. Ce rôle que les filles sont censées jouer dans les milieux spirituels, comme pour justifier ce qu'on attend d'elles, douceur, humilité, aptitude au pardon. Le lama fait une ou deux plaisanteries à l'intention des femmes présentes sur ces enfants que sont les hommes, ce sont vraiment de grands enfants, les hommes, *men are children, just children, you know it, don't you ?* – rires discrets du chœur des filles. Le genre de choses qui contribuent à mon malaise dans les communautés religieuses, cette tendance à exalter la sainteté naturelle des femmes tout en les rangeant dans une catégorie spirituelle inférieure. Mais. Je ne suis pas venue jusqu'ici pour écouter mon esprit critique, ta gueule, esprit critique, ce n'est pas toi la narratrice de cette histoire. En un autre siècle, peut-être aurais-je parcouru des régions ravagées par la peste, traversé les mers, risqué ma vie sur des chemins obscurs pour entendre cet enseignement sur la compassion – mon seul effort a été de prendre le métro pour aller de Paris à Levallois, alors un peu de gratitude et de concentration. Sogyal Rinpoché s'exprime en anglais, il doit y avoir quatre cents personnes dans la salle, certaines sont venues de province, d'Allemagne ou de Belgique, l'un des membres de la sangha traduit en français les paroles du maître. Je note tout sur un carnet, à l'écoute, aux aguets, il n'y aura pas de pause déjeuner, le lama préfère finir tôt et zapper le repas, tant mieux pour ceux qui ont prévu un encas. (Je n'ai emporté qu'une bouteille d'eau mais l'une des amies de Marianna, plus prévoyante, nous fait passer quelques biscuits secs.) L'enseignement se poursuit. Vers seize heures, alors que tout le monde commence à fatiguer, alors que des yeux se ferment sans que ce soit forcément une façon discrète de méditer, alors que ce bref jour d'hiver est sur le point de se terminer, le maître dit :

There was a time where a single instruction could lead to enlightenment…

Il fut un temps où une seule instruction pouvait mener à l'éveil, répète comme un écho la voix du traducteur. Je me réveille aussitôt de ma semi-somnolence parce que ce temps je le connais, c'est le temps de l'enfance et de l'ancien monde. Parce qu'une instruction est exactement ce dont j'ai besoin.

A very old Buddhist instruction…

Une très ancienne instruction bouddhiste recommande à celui qui cherche une vie nouvelle de se mettre à la place d'un animal conduit à l'abattoir. Le lama précise que cette instruction était pratiquée dans l'ancien Tibet, bien avant l'invasion chinoise, par des lignées de maîtres nomades.

Que celui qui cherche une vie nouvelle se mette à la place d'un animal conduit à l'abattoir.

Comme si l'instruction m'avait attirée ici et attrapée. C'est fait. Je suis prise à l'hameçon d'un maître nomade, comme si les semaines écoulées, le burn-out, la soirée avec Grace, les discussions avec Jean, tout convergeait ici, jusqu'à cette phrase dans laquelle je me reconnais. C'est comme ça que je m'explique cette attirance immédiate, cette sensation de déjà-vu, semblable à ces coups de foudre qui donnent l'impression de reconnaître quelqu'un alors qu'on le rencontre pour la première fois. L'image de l'animal conduit à l'abattoir me parle. Ce soir, tous ceux qui sont ici rentreront chez eux, demain, ils se remettront à courir, pauvres bêtes de somme, pauvres bêtes que nous sommes. L'animal conduit à l'abattoir me parle. Me mettre à sa place me semble plus concret, plus à ma portée aussi, que de prier pour tous ceux qui n'arrêtent pas de courir, aiguillonnés par la peur, chargés du poids de leurs fardeaux. C'est comme ça que je m'explique les choses. Psychologiquement. Rationnellement. Je vais suivre l'instruction parce qu'elle me semble, disons, adaptée, parfaitement adaptée à la situation.

(Pas parce qu'elle a la couleur du sang et des organes. Pas parce que je l'entendais avant de l'entendre.)

Je regagne le métro avec Marianna et une amie à elle qui est illustratrice de livres pour enfants. C'est elle qui a peint les mandalas à l'aquarelle qui illustrent les brochures de la sangha. Je ne peux m'empêcher de leur demander si elles ont déjà pratiqué l'instruction. Quelle instruction ? demande l'illustratrice. Celle qui consiste à se mettre à la place d'un animal conduit à l'abattoir. Je ne suis pas sûre qu'elle me tente beaucoup, dit Marianna. Je ne suis pas sûre que ça tente qui que ce soit, dit l'illustratrice. Moi, ça me tente. Toutes deux me regardent avec cet air de bonté navrée que les dévots, dans toutes les églises du monde, réservent aux hérétiques.

Les jours qui suivent, je garde l'instruction pour moi comme un secret. Je suis tentée d'en parler à Jean, mais chaque fois que je m'apprête à lui dire – tu sais quoi ? je vais suivre l'instruction d'un maître nomade – je me retiens au dernier moment, l'imaginant me regarder d'un air perplexe en caressant sa barbe. Pourquoi tu ferais une chose pareille ? dirait-il avec la même expression navrée que Marianna, aggravée d'une désapprobation masculine, cette désapprobation envers la femme qui franchit une limite qu'elle n'est pas censée franchir. Pourquoi tu veux faire ça ? Parce qu'il faut que je le fasse. C'est ce qui s'approche le plus de la vérité. Comme si l'instruction me lançait un défi.

Suis-moi.

Que celui qui cherche la vérité se mette à la place d'un animal conduit à l'abattoir. Où se trouve cet abattoir ? Quelle est sa taille ? Quelles couleurs dans le ciel à l'heure de la mise à mort ? Le jour n'est pas levé, c'est la semaine entre les deux réveillons, ma semaine préférée de l'année parce qu'on dirait que tout le monde est un peu ivre, un peu sonné, un peu ailleurs, déambulant dans un état intermédiaire entre fin et commencement. Tout le monde ralentit le rythme, même Jean qui se permet des grasses matinées. Nous avons fait l'amour cette nuit, c'était moins nerveux, moins électrique que d'habitude – plus voluptueux. J'enfile un vieux sweat par-dessus mon pyjama et je m'installe à mon bureau, me demandant à quoi ressemblent les bâtiments d'un abattoir, quelle est la hauteur des murs, de quelle couleur est la porte. Quand Jacques m'avait initiée aux exercices spirituels de saint Ignace, il avait plusieurs fois souligné l'importance de ce qu'il appelait la composition de lieu. Avant même de commencer l'exercice, on fait une sorte de repérage imaginaire, comme pour une scène de cinéma, on imagine la sixième heure, la lumière sur le fleuve, la foule, bref, on plante le décor. Les exercices spirituels ignaciens s'accomplissent en méditant sur un texte, un passage de la Bible, un psaume, ça peut aussi être un poème ou une scène de sa propre vie – qu'il faut visualiser. Mais le mot visualisation est bien en dessous de ce qui est requis – il ne s'agit pas seulement de voir. Saint Ignace recommande de sentir, d'entendre, de goûter, d'imaginer avec tous ses sens – cette imagination sensorielle permettant de voyager à l'intérieur de la scène biblique, en s'y incrustant comme un personnage en plus dans le tableau, en se mettant à la place d'un lépreux ou d'un apôtre, en prenant tous les rôles. Au retour de ce voyage intérieur, il n'est pas rare qu'apparaisse une réponse, une émotion indiquant comme une flèche lumineuse le choix à faire, l'intuition à suivre ou au contraire à ne pas écouter.

L'ancienne instruction bouddhiste et les exercices spirituels ont un point commun, je m'en rends compte ce matin de décembre alors que j'essaye d'imaginer à quoi ressemble un abattoir et ce qui se passe à l'intérieur. Ce point commun, c'est justement l'imaginaire, une certaine forme d'imaginaire, immersif et sensuel, qui nous fait voyager en nous mettant à une autre place. *Se mettre à la place de.* Un mouvement discret, inobservable, élémentaire comme l'atome de l'imagination. Les maîtres des hauts plateaux et le saint de Loyola ont cet invisible mouvement en commun, si intérieur qu'on se rend à peine compte qu'il a lieu, comme un point lumineux au cœur des exercices spirituels du jésuite et de l'entraînement de l'esprit des lamas. *À la place de.* Pour les bouddhistes, ce déplacement imaginaire ouvre la porte de la compassion, pour saint Ignace, celle du discernement. Comme si les maîtres voyageurs se rejoignaient à une croisée des chemins – là où s'animent les images. Parmi elles, un animal conduit à l'abattoir.

Est-ce que je fais une prière propitiatoire avant de commencer ? Je n'y pense même pas. Pas une méditation, pas une bougie, rien. Bien sûr, c'est une erreur. Je ne prends pas l'instruction *à ce point* au sérieux. Pas au point qu'elle puisse avoir une puissance réelle, une puissance que je n'imagine même pas. Je ne prends pas mon âme *à ce point* au sérieux. En guise de prière, j'allume mon ordinateur et je tape abattage des animaux sur Google pour composer le lieu. Nous sommes en deux mille huit. Les images sont moins nombreuses, moins omniprésentes qu'aujourd'hui. Les associations de défense des animaux comme L-214 sont déjà actives, mais Twitter n'a que deux ans, Instagram n'existe pas, les images circulent moins vite. Mais elles sont là. Des films tournés sous le manteau, en Allemagne ou aux États-Unis. Des vidéos clandestines où des chevaux, des veaux, des porcs tressaillent, se débattent, roulent des yeux de suppliciés. Des carcasses accrochées à des crocs de métal. Des centaines de poussins déchiquetés par les dents métalliques d'une broyeuse, semblable à celles qui laminent les documents usagés. C'est la première chose que je vois, la première qui me marque, la chair et le métal – une structure de métal où la chair est broyée. Je me demande à quelle fréquence le métal est nettoyé. Au moins une fois par jour. C'est la première chose que j'imagine, le nettoyage, l'effacement des traces. Une odeur de désinfectant et de sang.

Jean se lève vers dix heures, je le rejoins dans la cuisine où notre chatte le regarde avec des yeux énamourés. Maya nous préfère chacun à tour de rôle. En ce moment, c'est Jean son favori. Ce matin, elle s'est levée avec moi le temps de manger ses croquettes, pour aussitôt retourner se blottir contre lui. J'ai beau aimer me lever tôt, je suis un peu jalouse qu'ils aient fait la grasse matinée ensemble.

— Tu es levée depuis longtemps ?

— Six heures.

— Tu écris ?

— J'essaie de faire une visualisation.

Je finis par tout raconter à Jean, je lui parle de l'instruction, lui explique en quoi elle consiste, omettant toutefois d'avouer que si elle me parle à ce point, c'est que je nous identifie, lui et moi, à des bêtes de somme. Deux grands animaux travailleurs et durs à la peine.

— Je ne peux pas m'empêcher de penser que si j'arrive à suivre cette instruction, ça va changer quelque chose.

— Forcément. À commencer par ton propre point de vue.

— Je suis heureuse que tu prennes ça au sérieux.

— Pourquoi je le prendrais à la légère ?

Un silence entre nous, ce genre de silence bizarre où l'autre semble lire nos pensées comme si elles étaient écrites en petites lettres flottantes au-dessus de notre tête.

— Je ne médite pas, je n'ai jamais fait de retraite, alors je ne peux pas comprendre, c'est ça ? C'est humiliant, je t'assure, ce rôle que tu me fais jouer. Comme si je n'étais bon qu'à bosser et à baiser.

Je ne peux pas m'empêcher de rire, j'ai vraiment du mal à imaginer Jean en homme objet (un peu moins en drama queen). Il se met à rire lui aussi, on dirait un ado quand il rit comme ça, il rit, il rit et brusquement, il me regarde d'un air sombre.

— Ton instruction, ça me rappelle un truc. Je ne sais pas si je dois t'en parler.

— Pourquoi pas ?

Jean s'efforce de sourire, ça n'est pas le moment, dit-il, la journée commence à peine, il faut qu'il envoie les questions pour l'entretien avec Diamond, il n'a pas envie de parler de ça tout de suite.

Dans l'obscurité. Après avoir regardé une série, lu, puis éteint la lumière. Au moment où tout ce qu'on pense se transforme en images. Tu dors ? dit Jean. Non. Quand j'étais gosse, j'avais un chat à qui je racontais tous mes malheurs, je t'en ai déjà parlé ? Non, jamais. À la mort de mon père, murmure Jean, quand ma mère s'est mise à travailler comme une dingue, elle m'a offert un chat. On est devenus inséparables. C'est à lui que je racontais ma journée en rentrant de l'école. Charlie, il s'appelait, dit Jean d'une voix très basse, allongé sur le dos. Charlie. Je lui racontais mes histoires, on dormait ensemble, on jouait ensemble, il me suivait partout. Au bout d'un an ou deux, il a commencé à se cogner. Il se cognait contre les meubles, il calculait mal son coup pour sauter, il se cognait partout. Charlie devenait aveugle, dit Jean, cherchant ma main dans le noir, mais il voulait toujours jouer son rôle de chat. Il persistait à m'attendre derrière la porte quand je rentrais de l'école. Un soir, je lui ai donné un coup en ouvrant la porte trop vite. Il était juste derrière, il n'a pas eu le réflexe de reculer. Charlie a poussé un cri de surprise. J'ai pleuré toute la soirée, c'est ce qui a dû décider ma mère, la peur d'un accident, la peine qu'il nous faisait. Elle l'a fait piquer pendant que j'étais à l'école. Je suis rentré le soir et il n'était plus là. J'en ai voulu à ma mère pendant des années, dit Jean, même adulte, je lui reprochais encore de ne pas m'avoir laissé accompagner Charlie. Elle avait cru que ce serait moins dur pour moi si elle faisait ça en mon absence. Mais au moment de m'endormir, j'imaginais Charlie, tout seul, tremblant dans le noir tandis que des mains inconnues s'approchaient de lui. Il est mort comme ça, dit Jean, tout seul. Tout seul dans le noir. Jean ne dit plus rien. Je sens la tiédeur de ses larmes sur l'oreiller.

Jamais le Jean diurne, celui que je retrouve dès le lendemain, une tasse de café à la main qu'il ne finit qu'à moitié parce que c'est déjà l'heure de filer, jamais ce Jean attrapant son manteau d'une main, son téléphone de l'autre, n'oserait me dire en plein jour ce qu'il m'a avoué cette nuit. Peut-être qu'il y a des choses qu'on ne peut dire que dans le noir, ou écrire. Je décide donc de noter ce que l'instruction remue, puisqu'elle commence déjà à provoquer certains changements, comme si j'avais ramené quelque chose chez nous, quelque chose qui a ce pouvoir, le pouvoir de nous transformer. (Note sur l'instruction 1 : L'histoire de Jean m'a bouleversée. Elle m'a effrayée, aussi, parce que ses sanglots d'enfant m'ont rappelé les miens, devant l'oiseau de la marée noire. Cette émotion devant la souffrance, quel que soit le nom qu'on lui donne, compassion, empathie, charité, cette émotion submergeante, terrifiante, les animaux sont les premiers à l'enseigner aux enfants. Dans un monde d'adultes, ce sont les seuls qui soient plus vulnérables qu'eux, ce qui les désigne à la fois comme récipiendaires de leur amour et premières victimes de leur sadisme. Les animaux sont les premiers à nous enseigner le bien et le mal. C'est pour ça qu'un animal conduit à l'abattoir, ce n'est pas rien.) Maya saute d'un bond silencieux sur mon bureau, je ne peux m'empêcher de faire danser mon index devant ses yeux jusqu'à ce qu'elle me donne un coup de patte, tant mieux, il ne t'arrivera pas la même chose qu'à Charlie ! (Note sur l'instruction 2 : Jean devenant Charlie, moi devenant l'oiseau spectral aux ailes gluées de pétrole. Cette faculté immédiate, électrique, qu'ont les enfants de se mettre à la place de l'autre. Comme une identité mutable et nocturne, une identité oubliée.)

Je profite de l'absence de Jean, parti à Londres rencontrer Jared Diamond, pour terminer la composition du lieu. Je me procure *Notre pain quotidien*, un documentaire de Nikolaus Geyrhalter, au vidéoclub à côté de chez moi. Il y a encore des vidéoclubs en deux mille huit, les images ont encore besoin d'être gravées sur des disques, elles dansent moins vite qu'aujourd'hui (mais elles dansent, ça oui). Le patron du minuscule vidéoclub, qui a plutôt l'habitude de me voir repartir avec des films de Tarkovski, me prévient. « C'est bien, tu verras, mais c'est dur. Les Autrichiens, ils font que des trucs durs. » Épuré et cruel comme un film de Haneke, sans aucun commentaire, *Notre pain quotidien* montre des serres immaculées, des couloirs blancs, un monde aseptisé – où tout d'un coup surgit l'horreur. L'horreur est cette image qu'on arrête de regarder trop tard, cette image à laquelle on ne cesse plus de penser. Cette scène où un technicien, c'est le mot qui s'impose, vétérinaire ne viendrait pas à l'esprit, bien que ce soit sans doute le métier officiel du technicien, un technicien en combinaison blanche s'approche d'une vache aux flancs gonflés, une vache gestante, muni d'un instrument de la taille d'un sèche-cheveux qui s'avère être une tronçonneuse. Très calmement, il commence à découper le flanc de la bête. La vache a sans doute reçu une dose massive d'anesthésiant car elle ne bronche pas. Le technicien découpe à même son corps un morceau de chair de la taille d'une fenêtre, un morceau de chair parfaitement rectangulaire, c'est le plus horrible, la façon dont le technicien découpe ce rectangle de peau, de muscles et de vaisseaux sanguins, minutieusement. La façon dont il le retire, comme s'il ôtait un couvercle, pour en sortir un veau. Le veau est emmené hors champ par un autre technicien, bientôt suivi par le premier, tandis que la vache reste seule, debout et béante. J'arrête de regarder le film à ce moment-là. Je ne sais pas si la vache tombe d'un coup, si elle se met à hurler. Si elle meurt sur le coup, si elle se vide de son sang, si son agonie est lente. Tout ce que je sais, c'est qu'aux yeux des techniciens, elle n'est rien. Un morceau de viande. Rien. L'effroi que je ressens tient autant au supplice de l'animal qu'à la précision glacée des gestes des humains.

Je pense à la vache dépecée vivante toute la journée, l'image de son flanc béant revenant quand je m'y attends le moins. En allant faire les courses pour Grace que j'ai invitée à dîner. *Dépecée.* En rangeant la maison avant qu'elle n'arrive. *Dépecée vivante.* J'ai proposé à Grace de rester dormir, je ne veux pas qu'elle reparte dans la nuit de janvier pour prendre le dernier métro jusqu'à Charenton et je sais qu'elle refuserait que je lui offre un taxi. Elle arrive juste à l'heure, me tendant un bouquet de fleurs orange qu'elle a achetées à la sortie du métro. Ce n'est pas grand-chose, dit-elle, mais c'est joyeux. Ce rayonnement comme si elle jetait de la lumière autour d'elle, une lumière qui fait oublier les manches reprisées de son pull-over et la légère odeur de transpiration sur ses vêtements (Grace n'a pas de machine, elle lave son linge comme les ados, au Lavomatic). À peine ai-je mis les fleurs dans l'eau qu'elle me demande si j'ai quelque chose à boire. À la fin du dîner, je n'ai bu qu'un demi-verre mais la bouteille est presque vide. Grace baisse le col de son pull pour me montrer une trace de suçon. « Hier soir, me dit-elle, j'ai ramené un gars à la maison. Un gars de vingt-cinq ans. C'est lui qui m'a fait ça. — Et… tu vas le revoir ? — Je ne crois pas. Mais ça m'a changé les idées. J'ai… j'ai perdu mon principal client. C'est arrivé cette semaine. » L'agence de communication qui lui commandait des contenus a engagé un autre prestataire. Moins cher. Sans la prévenir. « Je n'ai même pas eu le temps de réagir. De revoir ma proposition à la baisse. Ils ont juste… Ils m'ont dégagée, voilà. Quand j'ai appelé la directrice, elle m'a dit qu'elle avait engagé un nouveau directeur financier. Que ça ne dépendait plus d'elle désormais, que chacun avait ses attributions, que tout était rationalisé. Alors qu'on se connaît depuis dix ans. Que ça ne dépendait plus d'elle ! Je lui ai raccroché au nez. » Grace m'avoue que pour la première fois de sa vie, elle a peur. Les clients qu'il lui reste sont occasionnels, une lettre d'idée, une brochure, une plaquette par-ci, par-là. « J'ai toujours pensé qu'on pouvait vivre… enfin, tu sais, vivre comme un lys des champs… Sans faire de réserves. Sans prendre de marges. En demandant seulement ce dont on a besoin… Tu crois que je me suis trompée ? » *Ne vous souciez pas, pour votre vie, de ce que vous mangerez, ni, pour votre corps, de quoi vous le vêtirez… Voyez les lys des champs, ils ne filent ni ne tissent et même Salomon dans sa splendeur n'allait pas vêtu comme eux.* Grace citait souvent ce verset de Matthieu quand nous étions à Florent. Elle y croyait vraiment. Moi, j'aurais voulu y croire. Grace croyait, a toujours cru jusqu'ici, que l'intégrité finissait par payer. Est-ce sa vision de l'intégrité qui est trop radicale ? Ou les lois de la rationalisation partout en vigueur, comme des mâchoires de métal prêtes à nous broyer ? *Dépecée vivante.* « Je crois qu'il te faut un peu de temps pour te retourner. Pour retrouver d'autres clients. » J'ai six mille euros de côté. Je peux lui en prêter trois mille. « Tu me les rends dans deux ans, OK ? » Grace essuie ses yeux avec la manche de son pull. « Merci, dit-elle. — Tu ferais la même chose pour moi, non ? — Oui. » Nous changeons de sujet, mais la peur de Grace a jeté un froid, pas entre nous mais dans la pièce, comme si quelque chose de glacé et malveillant était entré. L'atmosphère met du temps à se réchauffer, elle se réchauffe quand même, il n'est pas loin de minuit quand je demande à Grace sur quoi elle travaille en ce moment.

— Toujours mes fragments.

Est-ce qu'on découvrira les textes de Grace après sa mort, comme les peintures, les photographies, les poèmes de tant de femmes artistes qui renoncèrent à une course perdue d'avance ? Si elle mourait et que tout son travail était perdu ? Je n'ose pas lui demander si elle a pensé à eux – ses textes. S'ils sont rangés par ordre chronologique, si elle a laissé des consignes, un ordre dans lequel les lire quand... Il faudra bien qu'un jour je lui pose cette question. Mais pas ce soir. Nous sommes encore jeunes. Nous avons le temps. (Non ?)

— Tu me feras lire bientôt ?

— Pas tout de suite. Je ne suis pas encore satisfaite. Et toi alors ? Cette instruction ?

Je lui raconte mes tentatives pour composer le lieu. Le film de Geyrhalter que j'ai arrêté de regarder. La femelle *dépecée vivante.* Grace ne dit rien, adossée au canapé, la tête rejetée en arrière comme si elle regardait la scène défiler au plafond. Elle a retiré son pull, il fait tout à fait chaud maintenant, et sa chemise déboutonnée laisse voir le haut de son soutien-gorge noir. Je me demande parfois si je ne suis pas secrètement amoureuse d'elle, d'un amour destiné à être vécu exactement comme nous le vivons, à travers de longues conversations nocturnes.

— J'ai pensé à cette femelle et à son veau toute la journée. Ce genre d'instruction est censée développer la compassion. Je ne sais pas ce que le mot évoque pour toi, mais moi, jusqu'ici, quand on me disait compassion, je pensais moines, saints, bonté, êtres tendres et bienveillants. Je ne pensais pas à des biches dévorées par des chiens, ni à des yaks sur le point d'être éventrés. C'est pourtant le genre de scène que les maîtres tibétains recommandent de visualiser.

— Des maîtres comme celui qui a inventé ton instruction. Tu connais son nom ?

— Non. Personne ne le connaît. L'instruction a probablement évolué avec le temps. L'image de l'abattoir paraît plutôt moderne, cette variante doit donc être récente, peut-être date-t-elle du début du vingtième siècle. La variante originelle consistait probablement à se mettre à la place d'un mouton ou d'un yak sur le point d'être abattu pour être mangé. De là à retrouver celui qui l'a inventée... Ce genre d'exercice fut importé d'Inde au Tibet vers l'an mille alors...

— Un maître anonyme, dit Grace, la tête toujours renversée en arrière. Ce n'est pas étonnant. Les vrais maîtres sont toujours anonymes. Ils n'aiment pas laisser de traces.

— Ce n'est pas le plus troublant. Je commence à me rendre compte qu'à la racine de nombreux exercices spirituels, à la racine de la compassion, de la charité, de l'empathie, il y a quelque chose qui n'est jamais nommé. C'est le fait de se mettre à la place de quelqu'un d'autre, pas juste mentalement mais totalement, comme si tu mobilisais toute ton imagination, ton émotivité, pour te mettre dans sa peau. Tout en restant toi, évidemment, je ne parle pas d'un truc fantastique.

— Tu es sûre que ce n'est pas un peu fantastique ? dit Grace en se redressant.

— Mais non. On fait ça tout le temps.

— Ce n'est pas toujours par grandeur d'âme, murmure-t-elle. Il y a des gens qui ne se mettent à la place des autres que pour mieux les faire souffrir.

— C'est pour ça que ce n'est pas de l'empathie. Ni de la compassion. C'est juste ce qui précède.

— En lisant aussi, on fait ça tout le temps, dit Grace. On se met à la place des personnages sans arrêt.

— Oui.

— En écrivant aussi.

Un silence électrique se déploie dans la pièce qui sent le café et une légère odeur de clope, celle que Grace a fumée après que je lui ai décrit la façon dont les techniciens avaient découpé à la scie le flanc de la femelle. Rajustant le col froissé de sa chemise pour dissimuler la trace mauve du suçon sur son cou, comme si nous n'étions plus seules dans la pièce, comme si nous avions à nouveau cet âge où nous n'osions pas prononcer le mot littérature. Je sais très bien ce que Grace pense, la littérature est la racine, l'origine de tout, tout nous ramène toujours à elle passé minuit, dans une minute elle va me dire que la littérature est une voie spirituelle, que ce n'est pas elle qui imite la vie mais le contraire, la littérature est le nom de ce que la vie imite et que nous cherchons en vain, la voie à la racine de toutes les autres voies, c'était le genre de choses que Grace disait à Florent – elle me faisait peur quand elle les disait, parce que je savais qu'elles étaient vraies ou que si elles ne l'étaient pas, elles le deviendraient parce que cette grande bringue les disait. Grace se redresse un peu trop brusquement, tendant le bras pour se servir de l'eau, manquant faire tomber les verres sur la table, soûle et clignant des yeux, comme si la lumière de l'abat-jour l'éblouissait.

— Il y a un mot pour ça, dit-elle. Un mot pour dire exactement ça.

— J'ai cherché. Je ne l'ai pas trouvé.

— Tu as mal cherché. Arrête de me regarder comme ça. J'ai peut-être trop bu mais je sais de quoi je parle, dit-elle, avant d'émettre un petit rire enfantin.

Magie sympathique. Dans ses notes sur les *Mémoires d'Hadrien*, Marguerite Yourcenar appelle magie sympathique cette faculté consistant à se mettre à la place de quelqu'un. Elle dit avoir employé cette magie pour créer le personnage d'Hadrien. Grace se souvient bien de cette note, parce que le terme magie l'avait intriguée quand elle l'avait lu. Elle l'avait trouvé exagéré sur le moment tout en se disant que, forcément, il ne l'était pas. Ce n'était pas le genre de Yourcenar d'employer des mots au hasard, surtout une expression aussi singulière que magie sympathique. Évidemment, il n'est plus envisageable que nous allions nous coucher sans que j'aie fouillé ma bibliothèque pour vérifier la citation. Elle est bien là, parmi les notes publiées à la fin du roman. *Un pied dans l'érudition, l'autre dans la magie, ou plus exactement, et sans métaphore, dans cette* magie sympathique *qui consiste à se transporter en pensée à l'intérieur de quelqu'un.* « Tu vois, dit Grace, j'avais raison. Ce n'est pas si banal de se mettre à la place de quelqu'un d'autre. » Nous ne disons plus rien, l'excitation a laissé place à un sentiment de gravité. Tout en dépliant le canapé du salon, je ne peux m'empêcher de demander à Grace si, d'après elle, la magie sympathique est blanche ou noire. « Je suppose que ça dépend des fois, dit-elle. Mon ex savait très bien se mettre à ma place. Mais ce n'était pas pour me faire du bien. » (Note sur l'instruction 3 : Grace croit que la magie sympathique est à la fois blanche et noire. Moi, je crois qu'elle est rouge, comme l'intérieur du corps, comme tout ce qui est à double tranchant.)

L'animal de ma visualisation commence à prendre forme. Ce sera une femelle et ce sera une truie. D'abord pour une raison pratique, les images les plus faciles à trouver, au moment de mes recherches, sont celles d'élevages de porcs. Ce sont elles qui m'impressionnent, elles qui laissent une empreinte dans mon imaginaire. Des truies allaitant leurs petits dans des cages de fer. Un troupeau égaré, fuyant un camion renversé sur une route gelée, une centaine de fugitifs au corps pâle, glissant, tombant sur le verglas, hurlant comme s'ils comprenaient soudain où ce camion les emmenait, où ils finiront de toute façon, sauf s'ils sont achevés sur place. Des porcs clignant des yeux comme des prisonniers éblouis par la lumière, tenant à peine sur des pattes trop grêles pour soutenir le poids de leur corps. Des abcès aux pattes de la taille d'une orange. Des grappes d'abcès. À cause de ce genre d'images.

À cause d'une familiarité inquiétante avec le corps humain. La couleur pâle de leur chair m'évoquant la peau rose des touristes sur les plages du Sud. La troublante similarité des tissus, les pansements de peau de porc pour soigner les grands brûlés. Les valves cardiaques en péricarde de porc. (Je me suis documentée, composition du lieu oblige. Articles d'éthologie, livres d'historiens, essais de zoologues.) À cause des insultes aussi. Porc. Cochon. Truie. Saleté, gloutonnerie, lubricité. Cette mauvaise réputation, la lubricité surtout, pesait autrefois sur le chien. Mais à mesure que le chien s'ennoblissait, devenant le fidèle compagnon de l'homme occidental, son meilleur ami et son partenaire de chasse, il fallut trouver un autre bouc émissaire – ce serait le cochon. (Je ne peux m'empêcher de penser que la chienne n'a pas eu la chance du chien, sa réputation ne vaut pas mieux que celle d'une truie.)

À cause des petits cochons, naïfs comme des enfants dans un monde de loups, petits êtres roses en permanence coursés, menacés, abusés. Dans les contes les plus cruels, ils ne finissent pas dévorés par le loup mais jetés dans l'eau bouillante par un boucher diabolique.

À cause de ma sympathie irréversible pour les boucs émissaires et les femelles.

Au centre de ma visualisation se trouvera donc une truie.

Alors même que s'achève la composition du lieu, ma vision de l'abattoir reste limitée à ces images de chaînes mécaniques, auxquelles les animaux sont suspendus par les pattes arrière. Mais je commence à comprendre que le supplice de ces millions d'animaux domestiques ne commence pas le jour où ils sont abattus, qu'il ne se limite pas aux heures précédant leur mort, mais qu'il débute dès l'instant de leur naissance à l'intérieur de ces grands bâtiments dont les fenêtres, quand il y en a, ressemblent à des meurtrières. De sorte que l'instruction, débordant les limites d'une scène unique, commence à s'étirer dans le temps. C'est une vie entière qu'il faut visualiser, une succession de scènes de la naissance à la mort, autant dire une histoire, autant dire un roman. Ce n'est encore qu'une possibilité, une possibilité que je commence à envisager, même si j'imagine mal quelle forme elle pourrait prendre.

Maya saute sur mon bureau pour étaler son petit corps sur mes notes, elle doit penser que je travaille trop, je suis incapable de lui résister quand elle fait ça, je m'interromps donc pour lui gratter le crâne et lui accorder l'attention qu'elle mérite. Est-ce que j'aime vraiment les animaux ? Rien que cette expression, j'aime les animaux, une expression que j'ai souvent employée, avec le moi qui va avec, *moi, j'aime les animaux*, me semble soudain insupportable. Comme le *moi, j'aime les femmes* de ces séducteurs contents d'eux, semblant toujours contempler un invisible cheptel. Tu aimes les femmes, toi ? Ou tu aimes ton tableau de chasse, ce qui n'est pas la même chose, tu tolères l'existence des femmes que tu désires et les autres ne sont même pas des femmes à tes yeux, n'étant pas des hommes non plus, il faut croire que ce ne sont pas tout à fait des êtres humains. Alors ce genre d'amour, franchement. Ce genre d'amour. *Moi, j'aime les animaux. J'adore les animaux.* Mais c'est quoi cette manie de mettre l'amour à toutes les sauces, un conditionnement chrétien ? Une habileté de communicant, notre diabolique communicant intérieur, pour cacher que nous n'aimons que nous-mêmes ? J'aime Maya, c'est vrai. Elle et moi, on se connaît depuis dix ans. Elle s'est faufilée derrière moi, un soir, tandis que j'entrais dans l'immeuble. Elle avait dû passer quelques nuits dehors, abandonnée ou perdue, cachée derrière les poubelles. Elle me suivait dans l'escalier tandis que je pressais le pas, je n'avais jamais eu de chat de ma vie, je n'étais pas sûre d'en avoir envie. Il a suffi que j'ouvre la porte pour qu'elle s'engouffre à l'intérieur et qu'on ne se quitte plus. Maya s'assoit (dort) sur mon bureau quand j'écris. Maya grimpe sur une chaise pour écouter nos conversations à table. Maya refuse d'entrer dans sa boîte de transport (on doit s'y mettre à deux en jetant une serviette sur elle). C'est une chatte anarchiste au mauvais caractère qui sait ouvrir les placards, une chatte qui vole pour le plaisir de voler, des trucs qu'elle ne mange même pas. Mais je l'aime, c'est comme ça, depuis le jour où elle m'a mis le grappin dessus, elle et moi, nous sommes amies. Mais de là à dire que *j'aime les animaux* ? De là à dire que *j'aime la nature* ? Alors que la planète brûle et que des millions d'animaux sont produits chaque jour, comme on produit des motocyclettes ou des chaussures ? C'est quoi cet amour qui n'engage à rien ? Un cache-misère ? À se demander si ça n'est pas sa seule fonction. Nous donner une bonne image de nous-mêmes – et que la fête continue en première classe du *Titanic*.

J'ai rendez-vous cet après-midi du côté de Pasteur avec une zootechnicienne, c'est comme ça qu'elle se présente, sociologue et zootechnicienne. Ses articles m'ont tellement impressionnée que j'ai le trac, m'attendant à rencontrer quelqu'un qui sort de l'ordinaire.

Sylvia a d'abord été éleveuse avant de faire de la recherche, enquêtant sur la souffrance au travail dans les structures industrielles mais aussi, c'est ce qui rend son approche unique, sur la façon dont les animaux domestiques travaillent, eux aussi, coopérant, collaborant avec les éleveurs. Elle est arrivée en avance au café où nous avons rendez-vous, me voyant entrer, elle lève une main au poignet cerclé d'un bracelet clouté. Petit gabarit, brunette, tee-shirt noir, la cinquantaine d'après sa bio, mais seul son regard trahit son âge, sombre comme celui d'une détective de Jane Campion se remémorant des images sanglantes. Nous commandons deux doubles express, Sylvia sourit peu, mais son visage se détend quand je lui avoue mon admiration pour son travail. Elle a l'habitude d'être prise à partie, tant par les associations de défense des animaux que par le lobby de la viande. Car elle ne croit pas qu'il faille mettre fin à l'élevage des animaux domestiques, comme le réclament la plupart des associations. Sylvia défend l'élevage traditionnel, celui qu'elle a connu dans la première partie de sa vie. « Je ne suis pas végétarienne, les associations de défense des animaux ne m'aiment pas plus que les lobbies agroalimentaires. Au fond, je fais chier tout le monde », dit-elle avec un sourire désabusé. Sylvia croit que nous faisons, tous, partie d'une chaîne de vie et de mort. Elle croit en un lien millénaire entre les animaux domestiques et les humains. « Dans les structures de production, ce lien n'existe plus. Il ne peut plus exister quand vingt mille bêtes sont gérées par une dizaine d'hommes. Si jamais ce lien se perdait totalement… » Son regard se voile comme celui d'une détective contemplant une scène de crime immense, s'étendant à perte de vue, recouvrant la terre entière.

Je comprends que pour Sylvia, la perte de ce lien est du même ordre que la perte de l'âme pour moi. Je ne me risque pas, toutefois, à lui en faire la remarque. Oh que non ! Ne jamais parler d'âme lors d'un rendez-vous professionnel, je connais les codes, inutile de me griller. D'autant que Sylvia a tout l'air d'une femme d'action et que j'ai quelque chose à lui demander.

— Alors tu veux écrire là-dessus ? dit-elle.

Le tutoiement est venu vite, Sylvia l'a proposé d'emblée, sans que je sache si c'était par sympathie ou par simple habitude.

— Oui. Je veux écrire un roman.

L'idée a fini par s'imposer naturellement, à la façon d'une plante grimpante, d'un lierre entrelaçant ses lignes organiques sur un mur blanc, l'animal conduit à l'abattoir devenant une truie, la vision de sa mort devenant une histoire dont je ne sais rien, si ce n'est qu'elle se passe à l'intérieur d'un élevage et qu'à la fin, la truie meurt. À la fin, la truie meurt. « Tu crois que je pourrais entrer à l'intérieur d'un de ces élevages industriels ? » Sylvia fronce les sourcils, on dirait que tout son visage se froisse. « Ce ne sont *pas* des élevages, dit-elle, tu ne devrais même pas employer ce mot. Le vrai mot, c'est structure de production. Des structures de production animale, voilà ce que c'est. Les mots sont importants, ce n'est pas à toi que je vais l'apprendre ? » Elle exagère, me dis-je, avec ses cheveux noirs, son tee-shirt noir, son regard noir, cette petite bonne femme en noir exagère. (Mais Sylvia connaît le mot *structure* de l'intérieur. Moi, je ne suis pas encore entrée, je ne le connais que du dehors.) Elle me dit qu'elle trouve ça bien que j'écrive un roman sur ce qui se passe dans les structures, je pourrai dire des choses qu'elle ne peut pas se permettre de dire en tant que chercheuse. (Vérités subjectives et nocturnes. Des choses concernant l'âme.) « Je vais voir ce que je peux faire pour t'aider. » Je voudrais la remercier, lui proposer de reprendre quelque chose, nous n'avons bu qu'un café, mais Sylvia coupe court à l'effusion. « Je vais voir ce que je peux faire, c'est tout. Je t'appelle la semaine prochaine. »

Je n'ai pas parlé à Sylvia de l'instruction. Je n'avais pas prévu de lui en parler, pourtant, en rentrant chez moi, j'ai l'impression d'avoir menti. C'est vrai que j'ai décidé d'écrire un roman à force d'imaginer les truies en cage, les barreaux de fer, le grondement des camions, à force de composer le lieu, la vision de l'animal conduit à l'abattoir s'est ramifiée, compliquée, morcelée en scènes. Est-ce une trahison – cette ramification ? Suis-je en train de trahir le maître sans nom qui donna cette instruction une nuit, c'était forcément la nuit, au disciple qui n'osait regarder son visage de peur de voir ce qui ne doit pas être vu ? *Que celui qui cherche la vérité se mette à la place d'un animal conduit à l'abattoir.* Je n'avais pas l'intention de parler de l'instruction à Sylvia, c'est vrai. Mais ce qui s'est passé tout à l'heure n'était pas qu'une discrétion intentionnelle. On aurait dit que je l'avais oubliée pour de bon – comme si l'instruction n'avait jamais existé. Comme si, maintenant que je vais mieux, que j'ai un roman à écrire, elle passait au second plan. L'idée que je puisse tout simplement l'oublier a quelque chose de terrifiant. (Note sur l'instruction 4 : Est-ce que les choses importantes sont celles qu'on oublie le plus vite ? Est-ce que le maître nomade pourrait s'en offenser ? Est-ce qu'il pourrait se venger ?)

Huit jours plus tard, je retrouve Sylvia au même endroit. Elle me donne les coordonnées du directeur d'une structure du Grand Ouest, produisant trente mille porcs par an. Elle l'a rencontré lors d'une enquête sur le bien-être au travail des porchers – « c'est-à-dire sur la souffrance, tu apprendras vite à traduire, bien-être, ça veut toujours dire souffrance ». La structure de Jérôme S. est un modèle en matière de rationalisation, il en est fier, il a déjà invité des journalistes à entrer. Si tu lui demandes de t'organiser une visite, je suis sûre qu'il acceptera, dit Sylvia. Avec sa chemise froissée et son bracelet clouté, elle me fait plus que jamais penser à une flic en manque de sommeil. J'espère que tu m'offriras un exemplaire de ton roman une fois qu'il sera terminé, dit-elle. Évidemment que je te l'offrirai, dis-je, même si pour l'instant, je ne l'ai pas commencé. Elle qui était sur le point de partir se met à sourire. On commande deux autres Coca, on se rend compte qu'on n'aime ça ni l'une ni l'autre, mais que c'est le seul moyen qu'on ait trouvé pour consommer moins de café. La discussion prend un tour plus personnel, Sylvia me parle de son expérience d'éleveuse, il y a une dizaine d'années. Le plus beau souvenir de ma vie, dit-elle, c'est le jour où j'ai aidé une brebis à accoucher. Elle me pose des questions sur ma vie de romancière, nous discutons presque comme des amies quand mon cœur fait une sorte de bond.

L'instruction. Je suis à nouveau en train de l'oublier.

Je ne peux pas en parler à Sylvia, nous sommes loin d'être assez intimes, elle me prendrait pour une dingue, probablement qu'elle regretterait de m'avoir accordé son aide. Mais je ne peux pas faire comme si ça n'existait pas du tout. « Tu sais, Sylvia, ce n'est pas seulement pour écrire un roman que je… Enfin, à l'origine, il y avait… il y a autre chose. » J'avale ma salive : « Une sorte de motivation spirituelle. » La flic en manque de sommeil tressaille comme si je venais malgré moi de lui rappeler une affaire non résolue. « C'est bizarre que tu dises ça. À force de faire des enquêtes, de rencontrer des gens qui bossent sur le sujet, je finis par croire que tous ceux qui se soucient du sort des animaux le font pour une raison très difficile à avouer. Ça me fait un peu peur d'y penser. — Pourquoi ? — Parce que cette motivation est forcément liée à la souffrance. Il n'y a que de la souffrance à l'intérieur des structures. Rien d'autre. »

Conversation dans le noir. Jean et moi sommes allongés sur le dos, fixant le plafond comme si c'était la voûte céleste.

— Je ne vois pas pourquoi écrire un roman serait synonyme de trahison, dit Jean.

— C'est l'instruction qui a mis tout ça en route. C'était ma motivation initiale. Et je suis en train de l'oublier.

— Pas si la truie meurt à la fin. Si la truie meurt à la fin, l'instruction sera réalisée. Non ?

III

Descendre est mon métier

(2009)

Une structure de production animale est un monde. Un monde caché à la périphérie du nôtre, les branches s'écartent, la route se termine – et comme dans un conte, l'autre monde apparaît. Je pénètre à l'intérieur pour la première fois à la fin du mois de janvier. Jérôme, le directeur de la structure, qui me sert de guide en ce premier jour ne dit pas pénétrer, ni entrer. Il dit descendre, alors même que les six bâtiments de la structure ne se trouvent pas en sous-sol mais sont construits de plain-pied. « Je n'aime pas descendre », dit Jérôme, « ce n'est pas mon métier de descendre. » Ce qu'il veut dire, c'est que son métier à lui, c'est diriger. Diriger une structure de production signifie avant tout gérer. Gérer les ressources humaines, c'est-à-dire sept salariés. Gérer les ordinateurs qui commandent la distribution de nourriture dans les salles. Gérer les relations avec l'abattoir. Gérer les horaires des camions. Jérôme est un bon gestionnaire, sa structure est rentable, il gagne (très) bien sa vie. Il a même développé une activité de consultant auprès d'entrepreneurs chinois qui espèrent se lancer dans la production de porc à grande échelle. Il voyage beaucoup, dit-il, ça lui plaît. Ses salariés ne sont pas malheureux. Mais la contrepartie de cette réussite, c'est qu'il faut descendre. Descendre ne signifie pas se rendre au PC où les salariés programment la distribution automatique de nourriture dans les bâtiments en fonction du poids des condamnés. Descendre ne signifie pas vérifier le fonctionnement du silo broyant le mélange de céréales destiné à l'engraissement des condamnés. Descendre signifie pénétrer dans les salles où les condamnés sont enfermés. Descendre signifie voir, bien que les yeux de Jérôme évitent de s'attarder sur les corps roses tremblants, frissonnants, si vulnérables malgré la graisse, bien qu'il soit possible de ne pas voir, je le comprends dès ce premier jour où il ouvre des portes avant de les refermer le plus vite possible, ne pas voir, comme un garçon de café entraîné à ne pas croiser les regards furibards des clients qui réclament leur addition ou leur plat de résistance, slalomant entre les tables, entre les cages, balayant du regard les silhouettes et les taches informes des visages, ne rien voir qu'une foule, une masse de chair – un poids qui se compte en tonnes et qui chaque semaine est facturé à l'abattoir. C'est tout à fait possible de ne voir que ça. Mais. Il y a quelque chose d'inévitable, chaque fois qu'on ouvre une porte derrière laquelle les condamnés engraissent, derrière laquelle les condamnées mettent bas, une chose inévitable, c'est qu'eux nous voient.

Être vu par l'autre, non tel qu'on croit être, mais tel qu'on est dans l'autre monde – c'est ce qui s'appelle descendre.

Que voient les condamnés quand un être humain franchit la porte ?

Je dis condamnés alors que ces condamnés sont des animaux. Ce n'est pas un glissement poétique visant à susciter une émotion facile ou à les transformer en êtres humains (quoi que ce mot, humain, désigne à l'intérieur de la structure). C'est la vérité. Si un mot fut jamais vrai, d'une vérité irréversible, c'est le mot condamné à l'intérieur d'une structure de production animale. La condamnation ressemble à une odeur, « c'est l'odeur du maïs que vous sentez, dit Jérôme, leur nourriture passe dans les tuyaux », elle ressemble à un poids sur les épaules, comme si la densité de l'air avait changé. Ce n'est pas la condamnation à mort à laquelle tout ce qui vit se soumet. Ce n'est pas la condamnation à être mangé qui, si cruelle soit-elle, existe aussi à l'extérieur. Non, c'est autre chose qui règne ici, une condamnation qui se referme sur vous comme une porte coupe-feu au bout d'un couloir, une condamnation longue comme des dizaines de portes closes, précise comme les chiffres que me donne Jérôme et que je peine à retenir, une condamnation qui est le propre de la structure. La destruction méthodique, car le travail, la nourriture, la reproduction, la mise à mort, ici, tout est méthode, la destruction méthodique de tout instinct de vie par sa rentabilisation à outrance.

« Les porcelets sont regroupés par taille à la naissance », m'explique Jérôme tandis que nous entrons dans l'une des deux salles de maternité, « les plus robustes sont affectés à des truies robustes, les plus chétifs à des truies chétives. Les anciennes ont l'habitude, mais les jeunes gueulent toujours un peu. Ne faites pas attention, elles finissent toujours par se calmer. » La fertilité des truies est rentable, pas l'attachement aux petits. Maternité – rentable. Attachement, tendresse – non rentable. Je ne peux rien noter mais j'espère m'en souvenir. Jérôme me laisse divaguer entre une vingtaine de cages de fer, chacune contient une truie couchée sur le côté, sur le point de mettre bas, en train de mettre bas, venant juste de mettre bas, une dizaine, une quinzaine, une vingtaine de petits, roses comme des bébés humains. Jérôme fait le point avec Steve, le chef d'élevage, pour évaluer les pertes. (Il y a toujours des pertes, des porcelets mourant à peine ils viennent au monde, ou demeurant pétrifiés à l'intérieur de leur mère, comme s'ils avaient compris ce qui les attendait dehors.) Malgré la chaleur, il doit faire vingt-deux degrés dans cette grande pièce sans fenêtres, violemment éclairée par des lampes chauffantes, les hommes portent des combinaisons de travail d'un bleu sombre avec une casquette assortie. Je porte la même tenue. Nul n'entre ici avec ses propres vêtements, il faut prendre une douche avant de pénétrer à l'intérieur de la structure, il faut se changer entièrement, car tout microbe, bactérie, virus venu du dehors pourrait provoquer une hécatombe parmi cette population de prisonniers aux profils génétiques semblables. Steve, le chef d'élevage, porte de hautes bottes en caoutchouc noir – elles sont indispensables les jours de nettoyage des caillebotis – le patron et moi ne portons que de simples sabots, ce qui nous donne l'air de soldats ordinaires à côté d'un tireur d'élite.

« Les porcelets restent trois semaines en maternité, ensuite ils sont transférés en post-sevrage pour démarrer le process d'engraissement. Quand on leur enlève les petits, toutes les truies se mettent à gueuler en chœur, dit Jérôme, c'est pas agréable à entendre. » Le patron est beau gosse avec ses yeux verts et ses cheveux noirs, un beau gosse impatient d'en finir avec cette visite, impatient de sortir de là – il m'a avoué tout à l'heure qu'il descendait le moins possible, il préfère se concentrer sur ses tâches de gestion. Nous traversons le passage qui mène au bâtiment suivant d'un pas rapide, comme des voyageurs en correspondance devant prendre un avion dans une autre aérogare. « Après le sevrage, les femelles sont transférées ici. C'est un stress pour elles, le transfert, la course dans les couloirs, on le programme exprès juste après l'enlèvement des petits. L'accumulation de stress provoque les chaleurs suivantes. » Stress, angoisse – rentable. « Ensuite elles sont inséminées de nouveau », dit Jérôme. Je me souviens brièvement d'avoir lu un article sur la terreur des femmes violées en temps de guerre qui augmenterait le risque de grossesse, comme si un ancien commandement de survie aux catastrophes était gravé au plus profond des entrailles des femelles. Un commandement ancien comme une divinité peut-il être exploité aussi impunément sans demander des comptes ? *Sans se venger ?* « On va aller voir le post-sevrage, puis l'engraissement. On terminera par le naissage. » Jérôme m'explique que les porcs passent leur vie à deux choses – engraisser et se déplacer d'un bâtiment à l'autre, engraisser et galoper dans les couloirs.

« Les plus malins suivent le mouvement », dit Jérôme. Intelligence – rentable quand le condamné comprend ce qu'on lui demande. Manger aussi vite que possible. Suivre le mouvement aussi vite que possible quand un lot change de bâtiment. Intelligence – non rentable quand le condamné devient fou. À force de ne pas voir la lumière du jour. À force de ne rien comprendre. À force de fouailler le caillebotis au point de s'ensanglanter la gueule parce qu'il s'imagine qu'il finira par trouver un peu de terre en dessous. « Il y a toujours des fous, dit Jérôme. C'est comme partout. »

Chair – rentable. Fertilité – rentable. Tendresse, attachement – non rentable. Peur, docilité – rentable. Stress – rentable. Curiosité – non rentable. La logique de la structure ne s'applique pas aux condamnés, mais à des portions de condamnés qu'elle découpe en morceaux aussi fins que possible afin que rien de potentiellement rentable ne soit oublié, et que rien de non rentable ne dure trop longtemps. Quiconque entre ici, que ce soit par le portail ou par la matrice d'une femelle, cesse d'être considéré comme un tout, telle est la condamnation – divisé, morcelé, cisaillé en petits bouts d'instinct, morceaux de chair, lambeaux de personnalité, comme si la rentabilité n'était pas un critère mais une lame de couteau. Je me souviens de cette photographie en noir et blanc qui fascina Georges Bataille, montrant un condamné au supplice chinois des cent morceaux. Sur l'image reproduite dans *Les Larmes d'Éros*, l'homme découpé vivant est maintenu debout, il a le torse ouvert, des bourreaux dont on ne voit pas le visage se penchent sur lui. Comme un prêtre emporté par la splendeur de son sermon, Bataille parle de douleur, de sadisme et d'extase – mais de l'homme morcelé, de son histoire, il ne dit rien. « Ici, tous les couloirs se ressemblent », dit Jérôme, poussant la porte coupe-feu du bâtiment suivant.

Il n'y a pas que les condamnés qui soient morcelés. Les porchers le sont aussi, qui ne doivent pas s'attacher aux bêtes et pourtant s'attachent quand même. « Moi, c'est simple, dit Jérôme, je les considère comme des machines, mais les gars, c'est pas pareil, ils sont avec toute la journée, ça arrive que certains s'attachent, pas tous mais certains, même si ça leur fait pas du bien. » Jérôme aussi est cisaillé. « Je produis du porc parce que ça s'est trouvé comme ça. Mais j'aurais tout aussi bien pu produire autre chose. Des vêtements de sport, par exemple, j'aurais bien aimé. Je suis un chef d'entreprise, c'est tout. » Mais non, ce n'est pas tout, Jérôme le sait très bien. Cisaillé entre son indéniable intelligence et sa répulsion pour les créatures pitoyables qui soudain se figent quand nous ouvrons la porte. Deux cents porcs frémissants, terrifiés, comme si nous venions les tuer. (N'est-ce pas ce que nous allons faire, pas aujourd'hui, mais un autre jour ?) « Ils ont peur de tout, dans la nature ils tiendraient pas trois jours », dit le patron d'un air écœuré avant de refermer la porte. Je reconnais cette moue sur son visage de beau gosse, cette répulsion des hommes pour les choses qu'ils abîment, une culpabilité impossible à gérer, même pour les bons gestionnaires comme Jérôme.

Quand le copain de Grace la battait, comme par hasard les veilles de casting, elle me racontait qu'il ne supportait pas de voir son visage après – son œil au beurre noir, ses dents cassées. Il la regardait d'un air épouvanté qui était sa revanche à elle. Serait-elle parvenue à le quitter s'il n'avait disparu au bout de trois mois de relation chaotique, emportant la chaîne hi-fi de Grace et toute sa collection de disques, pour ne plus jamais réapparaître ? Un an plus tard, Grace tombait de nouveau amoureuse, d'un chercheur en sociologie, aussi doux et introverti que son amant précédent était grande gueule. Le chercheur est resté son ami, même après que Grace l'eut quitté pour devenir cette nonne consacrée à l'écriture. J'admire Grace mais je ne pourrais pas vivre comme elle. Je ne pourrais pas réduire mes besoins à ce point, j'aurais peur de manquer, j'aurais peur du lendemain. Je reste esclave de la matière, esclave de la viande, si j'y réfléchis bien.

« Il faut bien faire quelque chose de sa vie. Il faut bien nourrir sa famille. » Jérôme m'est presque sympathique, je m'attendais à le détester, mais je ne le déteste pas du tout. « Mon père n'aurait pas honte de moi. » Il n'a pas dit serait fier de moi, je me souviens brièvement que l'inconscient ignore la négation, Jérôme est morcelé lui aussi. Coupé en trois (au moins). Le directeur de la structure de production, le fils cherchant l'admiration du père – et l'homme qui n'aime pas descendre aux enfers. Deux bâtiments entiers sont réservés à l'engraissement, Jérôme ouvre des portes pour les refermer aussitôt, « c'est toujours pareil », dit-il, mais à mesure que nous avançons, les condamnés deviennent plus gros. Le patron m'explique des choses que j'essaie de retenir, la conduite en bandes, toutes les semaines un nouveau lot de truies est inséminé, un nouveau lot de truie met bas, un nouveau lot de porcelets part en post-sevrage. Ensuite, à l'engraissement, la cadence accélère. Deux fois par semaine, un nouveau lot de porcs galope dans le dernier couloir, menant au dernier bâtiment où ils ne passent qu'une nuit, avant que le camion de l'abattoir ne vienne les chercher le lendemain. J'essaie de retenir le plus de choses possible, les termes techniques, les chiffres, les émotions bizarres, je n'ai pas de carnet pour prendre des notes parce qu'il est resté dans le vestiaire des douches. Rien du dehors ne peut entrer dedans, même pas un carnet, parce que le moindre microbe pourrait se transformer en épidémie, Jérôme insiste, ils sont fragiles, et plus de quinze mille à l'intérieur. « Un producteur pas loin d'ici, un naisseur engraisseur comme moi, a mis la clé sous la porte après une épidémie de MAP », dit-il d'un air sombre. « La MAP, c'est la maladie d'amaigrissement du porcelet. » Même si j'avais glissé un carnet dans la poche de ma combinaison, je ne prendrais pas de notes, de crainte que ce simple mouvement, sortir quelque chose de ma poche, n'effarouche Jérôme, à vif comme un oiseau pris au piège dans un grillage, ses mains battant l'air comme de petites ailes frénétiques. « Je fais de mon mieux, vous savez. » Je perçois sa hâte de remonter à l'air libre. Puisqu'on est descendus, on va forcément remonter. (Non ?)

Toujours au pas de course, nous nous dirigeons vers les bâtiments de naissage – ceux où les femelles sont inséminées. J'aperçois par une porte ouverte un homme caressant doucement le dos d'une truie. « Ah, Nicolas. Nous avons une visiteuse. » Jérôme me présente au responsable du naissage. « Elle n'est pas journaliste. Elle est romancière. Elle veut écrire un livre. » Je confirme. Je souris. Nicolas me montre les sondes posées sur un chariot, avec lesquelles il compte inséminer les truies – elles sont plus d'une centaine, rien que dans ce couloir, réparties dans trois salles différentes. Les femelles sont en rang, debout dans des cages de fer, présentant leur arrière-train. Je remercie Nicolas pour ses explications. Je m'apprête à lui dire au revoir pour suivre le patron qui déjà se dirige vers la porte. Aussi docile et complaisante qu'une gosse. Voilà. Je suis cisaillée moi aussi.

Coupée en trois (au moins). En apparence, l'intruse reconnaissante. Le sourire naïf, éperdu de gratitude de l'intruse. De par son air compréhensif et son silence respectueux, l'intruse indique aux hommes qu'elle les remercie de l'avoir laissée entrer là où les filles comme elle ne sont pas admises. (Il y a aussi des femmes qui bossent dans les élevages, mais pas dans celui-ci, pas au moment où je m'y trouve.) De la laisser respirer cette atmosphère virile, presque militaire. De la laisser porter la combinaison-uniforme bleu marine. De la laisser circuler (sous surveillance) parmi eux. L'intruse se rappelle – parachutage brutal vingt ans en arrière – l'époque de son intégration en école d'ingénieurs, les blagues de cul, les rares toilettes pour filles, les commentaires sur les tenues, sur le poids, sur la gueule des filles jugées toujours *trop*, trop grosse, trop de maquillage ou *pas assez*, de hanches, de seins, de cul. L'intruse faisait, fait toujours, partie de la catégorie *pas assez* en termes de seins et de la catégorie *trop* en termes de maquillage (main lourde sur le khôl, origines méditerranéennes obligent). L'intruse sait se faire gentille, transparente, reconnaissante – parce que vous apprenez vite qu'il faut être reconnaissante envers les hommes qui vous tolèrent dans un lieu qui leur a longtemps été réservé, que ce soit une grande école, un Comex ou une porcherie. Surtout être gentille, surtout faire comme si on ne voyait rien. Se faire petite, discrète, bienveillante, silencieuse, surtout silencieuse, ne l'ouvrir que pour dire, merci, merci, merci de me tolérer.

Mais. Sous ce masque ductile se cache une autre personne. En l'occurrence la romancière qui, dépourvue de son carnet, note la nervosité du patron qui a hâte de remonter à l'air libre, note le geste lent, presque mélancolique, avec lequel Nicolas caresse le dos de la truie – note dans sa tête tous les détails pour s'en souvenir ensuite, elle les écrira dès qu'elle sera dans le train sur le carnet resté dans la poche de son jean soigneusement plié dans le vestiaire du sas de douches, la mémoire de la romancière est une page, l'encre sympathique de sa mémoire toujours en train de former des signes, comme si la romancière vivait en permanence dans un rêve dont elle entend bien se souvenir quand sa journée de rêve (enfin, façon de parler) prendra fin, quand sa vie de rêve (enfin, façon de parler) prendra fin, elle aura fait ce qu'il fallait pour retenir l'essentiel. Enfin, c'est ce qu'elle espère. L'envahit une bouffée d'angoisse, à moins que ce ne soit la température suffocante régnant dans la salle où les condamnées encagées, bientôt inséminées, offrent naïvement leurs vulves roses aux regards humains, à moins que ce ne soit l'odeur d'ammoniac et de lisier, les pieds délicats des truies comme chaussés d'escarpins minuscules reposant sur des caillebotis en dessous desquels se trouvent leurs déjections, c'est-à-dire leur merde, des kilos et des kilos, se déversant sous la terre, comment je vais pouvoir raconter tout ça, qui suis-je pour juger, je ne sais même pas ce que je pense, je ne sais même pas ce que je ressens, je ne sais même pas qui je suis.

Mais. Sous la mémoire affolante de la romancière se cache une autre personne. Une narratrice sans visage voyant par mes yeux, respirant par mon nez (enfin par ma bouche, comme chaque fois que je suis angoissée). La narratrice sans visage n'a pas de temps à perdre, elle a une instruction à réaliser. La magie sympathique l'a conduite dans ce couloir, où il y a beaucoup d'autres places que la sienne à occuper. La main de Jérôme toujours sur la porte, crispée par l'exaspération et la hâte de remonter. Le regard mélancolique et tendre de Nicolas qui veille sur les truies du coin de l'œil. Se mettre à la place d'une truie conduite à l'abattoir. La narratrice sans visage ne peut oublier sa motivation originelle, elle cherche l'histoire à la racine de l'histoire. Radicale est son attribut. Elle est l'ennemie radicale de la structure de production. Les hommes ne s'en rendent pas compte – pour l'instant. La narratrice sans visage ignore la peur, contrairement à l'intruse qui commence à sentir la sueur couler sous le coton du tricot à bretelles qu'elle a gardé par-dessous sa combinaison bleu marine.

Une truie se tourne dans sa direction, et commence à hurler comme si elle voulait me prévenir. Bientôt toutes les femelles se mettent à gueuler.

« Elles sont nerveuses, dit Nicolas, il faut pas leur en vouloir. C'est parce qu'elles ne vous connaissent pas.
– De toute façon, on va y aller », dit le patron. Les truies se sont toutes mises à hurler, si bien que Nicolas nous suit dans le couloir et referme la porte derrière nous pour qu'on puisse s'entendre. La porte est si bien insonorisée que plus un seul cri ne nous parvient. Je me demande combien de cris je n'ai pas entendus, tout à l'heure, dans les couloirs de l'engraissement. Le directeur s'impatiente. « Si vous voulez attraper votre train, il va falloir y aller. » Je le remercie pour son accueil. Je remercie Nicolas. Je m'apprête à dire au revoir. Aussi docile qu'une gosse. Sauf qu'au dernier moment, juste avant que Nicolas ne rouvre la porte de la salle où les truies sont enfermées, je m'entends dire : « Est-ce que je pourrais revenir ? Je pourrais vous accompagner quelques jours dans votre travail. Si ça ne vous dérange pas. Et si Jérôme est d'accord, évidemment. » Je répète une fois de plus que je ne suis pas journaliste et le marché se conclut aussi simplement que s'ouvrent les portes des palais ensorcelés. Que Nicolas accepte la proposition n'est pas si étonnant, entre nous a circulé un courant de sympathie. Mais que Jérôme dise oui peut paraître étrange – il dirige la structure, il aurait beaucoup à perdre si je ne tenais pas parole en donnant des noms ou en prenant des photos avec mon téléphone. Avant qu'il n'ait le temps

de regretter son choix, l'intruse le remercie chaleureusement de la laisser revenir.

L'explication de Jean, quand je lui raconte tout ça le soir, c'est qu'au fond de lui, le directeur se sent coupable. « Il sait très bien que les animaux sont prisonniers, un directeur sait très bien ce qu'il dirige. » Je revois le visage crispé de Jérôme quand je lui ai demandé pourquoi la queue des porcelets était sectionnée à la pince. Pour leur bien, a-t-il répondu, pour que les plus agressifs ne mordent pas les autres. « Il sait très bien que c'est carcéral. C'est pour ça qu'il te laisse entrer. Pour que tu le dises. Au fond de lui, il veut que ça sorte. Il t'a jaugée. Il sait que tu tiendras parole quand tu promets de ne pas donner de noms. Pour lui, tu es la bonne personne. » Peut-être que Jean a raison. La romancière est convaincue par son analyse psychologique. Mais la narratrice sans visage ne peut s'empêcher de se demander si les hurlements des truies, en déstabilisant le directeur au moment opportun, ne l'ont pas aidée à entrer. (Note sur l'instruction 5 : Tous ceux qui pénètrent à l'intérieur de la structure doivent laisser au vestiaire ce qui n'est pas rentable, comme un vêtement suspendu à un crochet. Le trouble dissociatif qui en résulte, l'identité morcelée, dure jusqu'au moment où on remonte à l'air libre. Mais je me demande dans quelle mesure on peut se séparer chaque jour d'une partie de soi, la réintégrer le soir venu, s'en séparer de nouveau, sans que vienne un moment où ça ne marche plus, où quelque chose est coupé, d'une façon irréversible.)

Grâce à la sympathie réciproque qui me relie à Nicolas, je suis vite acceptée par les porchers. Il faut dire qu'ils ont autre chose à faire que penser à moi. Ils sont six pour gérer une structure de production de quinze mille têtes. Ils devraient être sept, mais le septième porcher ne va pas bien, ça fait un certain temps qu'il est en arrêt maladie. Quinze mille porcs vivent à l'intérieur des bâtiments, mais la structure produit trente mille porcs par an. Je mets un peu de temps à comprendre la différence entre les deux chiffres, finalement c'est simple, les condamnés ne vivent que six mois. Quand ils atteignent cet âge, et le poids de cent vingt kilos, ils embarquent pour l'abattoir. Trente mille porcs naissent chaque année, quinze mille vivent en permanence à l'intérieur de la structure. Contrairement à ce que l'on imagine, très peu d'hommes suffisent à gérer quinze mille bêtes parquées dans des salles aveugles, nourries par des tuyaux délivrant à heure fixe une bouillie protéinée. Ces effectifs humains réduits permettent à d'habiles communicants – toutes les structures de production ont leurs habiles communicants – de parler d'entreprises familiales. L'imagination associe, naïvement, le mot familial à un élevage de taille humaine, voire à une ferme à l'ancienne. En réalité, les structures de production sont des villes animales aux portes des villes humaines. Des villes animales dont les humains sont les gardiens.

Il y a certaines choses qu'on peut voir sur les images, sur ces vidéos que je regardais pour composer le lieu. Mais les images, comme la composition du lieu, ne sont qu'un préliminaire. Les choses les plus terrifiantes, à l'intérieur de ces villes sans nom, les caméras ne peuvent les montrer. Elles ne figurent sur aucune image, et personne n'en parle jamais.

La première chose dont personne ne parle est une inversion. À l'intérieur de la structure, les humains ne sont plus en majorité. Ils sont rares, aussi rares que des anges parmi la foule dans un film de Wim Wenders, individus surnaturels et surdimensionnés, apparaissant dans l'entrebâillement d'une porte qui s'ouvre dans un flot de lumière électrique à la foule éblouie qui les regarde d'en dessous. Sauf que ces êtres surnaturels ne sont pas des anges – mais nous. La plupart d'entre nous sommes habitués à nous sentir, en tant qu'humains, en majorité. Où que nous nous trouvions, nous sommes habitués à croire, à voir que les humains sont les plus nombreux. Pourtant, cette majorité est une illusion. Les autres animaux, les poissons, les oiseaux, les arbres, les insectes, tout ce qui vit autour de nous, forme une population bien plus nombreuse que la nôtre. Mais même en le sachant, il nous semble toujours que les humains sont au premier plan, les plus visibles, les plus bruyants, les plus intéressants. Nous sommes si habitués à cette (illusion de) majorité que nous ne pensons pas qu'il pourrait en être autrement. À l'intérieur de la ville animale, cette illusion s'efface.

La majorité s'inverse.

Nicolas et les autres porchers gèrent quinze mille bêtes à eux six. Chacun travaille dans un bâtiment différent, sauf Steve, le chef d'élevage, qui passe de l'un à l'autre. Durant des heures, les porchers restent donc seuls, humains minoritaires dans l'océan de la majorité animale, neuf cents femelles côté naissage, quinze mille porcs côté engraissement, dont les cris et les gémissements résonnent derrière les portes insonorisées. Un matin, Nicolas me demande de l'aider en allant faire un tour du côté des femelles gestantes – inséminées un mois plus tôt, elles mettront bas dans deux mois – pour compter les blessées et les malades. Souvent, les blessées souffrent d'abcès ou de douleurs aux pattes, qui ne sont pas assez musclées pour porter leur poids. Quant aux malades, elles sont faciles à repérer. Vers sept heures du matin, le plafond de l'immense salle où se trouvent les femelles se met à gronder, déversant jusque dans leurs auges, par de longs tuyaux vibrants, une soupe de céréales broyées. Le vacarme du repas provoque chez les condamnées des gémissements d'angoisse et d'avidité, elles se bousculent pour atteindre la nourriture, se frayant un chemin jusqu'à l'auge au fond de la case où elles sont parquées.

Mais les malades restent couchées. Leurs grands yeux noirs mi-clos, telles des sages décidées à se retirer du monde.

Ce matin-là, dans cette salle-là, j'en compte cinq (deux malades, trois blessées), ce qui n'est pas tant que ça sur une population de deux cent cinquante femelles à quelques semaines de la mise-bas. Nicolas se lève à des heures impossibles pour prendre le temps de voir toutes ses bêtes le matin, résistant autant qu'il le peut à cette loi de la structure qui veut que les moments de calme, les échanges de regard, que ce soit entre humains, entre animaux, entre humains et animaux, tout ce qui est *humain* passe après le résultat, c'est-à-dire en dernier. Les journées des porchers sont chargées, épuisantes, nourrir, inséminer, soigner, inspecter, déplacer, achever, nettoyer, tout doit être terminé avant de partir le soir pour que le lendemain, tout puisse recommencer. Ce matin, Nicolas est arrivé à six heures au lieu de cinq heures et demie, par égard pour moi, pour ne pas me faire lever trop tôt, alors je suis heureuse de faire cette ronde pour lui. Deux malades, trois blessées. Le plafond cesse de gronder, déjà les femelles s'éloignent de l'auge, je m'apprête à quitter la salle quand soudain une truie pousse un cri en se tournant vers moi. Toutes les femelles de sa case – de part et d'autre du couloir central, l'immense salle est divisée en enclos où elles sont regroupées par vingt – toutes les femelles des cases voisines, se tournent en même temps vers moi, comme si le cri de la première les avait alertées. *Regardez ! Quelqu'un qu'on ne connaît pas !* Les plus audacieuses s'avancent dans ma direction, jusqu'au portillon fermant leur case, les murs n'en sont pas hauts, un mètre cinquante, pas davantage, les truies ne peuvent pas bondir, des murs bas suffisent à les retenir prisonnières. Je reste debout, hypnotisée, immobile dans l'allée centrale. Fixée de tous côtés.

Ces centaines d'yeux qui m'envisagent.

Graves, profonds, curieux.

Je me demande ce qu'elles voient et l'épouvante arrive sans prévenir, comme devant un masque sur le point de tomber, un miroir vivant, frémissant, s'apprêtant à divulguer un reflet monstrueux. Car quoi qu'elles voient, ce sont elles qui ont raison. Elles sont si bouleversées, si inquiètes, si nombreuses autour de moi, sans compter les petits qui alourdissent leur ventre, si nombreuses qu'à cet instant leur vision submerge mon identité. Qui suis-je, si ce n'est ce qu'elles voient, et que voient-elles, ces centaines de mères, muettes, solennelles, comme si elles connaissaient d'avance le destin de leur portée, à moins qu'elles ne réclament leurs enfants disparus, que voient-elles ? L'intruse, la romancière, la narratrice sans visage, l'une des personnalités que je trimballe dans les couloirs comme une trinité dissociée, ou quelqu'un d'autre, quelqu'un dont je ne sais rien, la gardienne qui les surveille, le démon qui les harcèle dans un cercle de l'enfer. Je dois partir, je dois les quitter, Nicolas m'attend, il va se demander ce que je fabrique. Au moment où je remonte l'allée, elles se remettent à crier, comme une tentative désespérée de communiquer, dire quelque chose, faire passer un message, comme des prisonnières comprenant qu'elles ne s'enfuiront jamais, prisonnières de leur ventre où grandissent quinze porcelets en moyenne, une tonne et demie de viande, même pas nés, déjà morts. *Nous sommes là. Regarde-nous. Nous ne sommes pas des choses.*

Retourne-toi ! Mais je suis incapable de me retourner, j'aurais peur que mon identité s'émiette à jamais.

Un autre jour, dans l'un des bâtiments d'engraissement où j'ai passé la matinée. Traversant le couloir pour rejoindre Nicolas et les autres porchers pour la pause déjeuner. De chaque côté du couloir, dix portes fermées. Derrière chaque porte, deux cents condamnés qui atteindront dans sept jours l'âge fatidique de six mois. Dans le long couloir vide, je les vois galoper avec sept jours d'avance, foule spectrale épouvantée que les humains dirigent vers le dernier bâtiment, où ils passeront leur dernière nuit avant que le camion ne vienne les chercher. À moins que cette foule que je crois imaginer ne soit les fantômes de ceux partis le matin même.

Il arrive que les porchers voient des fantômes. L'un des collègues de Nicolas me l'avoue sur le ton de la plaisanterie – la plaisanterie protège, à l'intérieur de la structure, c'est le seul moyen d'avouer son angoisse, une rêverie, un rapport quelconque à ce qui n'est pas rentable. Telle est la loi non dite de la structure de production : *Laisse ton âme au vestiaire.* Suspends-la à un crochet avant d'entrer dans le sas des douches ou plie-la en quatre dans la poche de ton jean. En sortant, oublie-la, elle n'a rien à te dire. Fais avec elle la même chose qu'avec les bêtes. (Note sur l'instruction 6 : Comme on traite les bêtes, on traite son âme.) (Note sur l'instruction 7 : Les lois de l'âme ne sont pas des choses évanescentes sans impact sur le monde physique, elles sont aussi impitoyables que la transformation des couleurs, qui veut que la matière noire du lisier, se répandant sous la terre, ruisselant jusqu'à la mer, nourrisse ces algues vertes détruisant le cerveau de quiconque respire leurs émanations toxiques. Vue de l'extérieur, la structure de production est grise. Mais l'intérieur de ce mot gris, structure, est empli de couleurs à l'éclat alchimique, rouge, noir, blanc, le sang, le lisier, et le nettoyage des traces. Sans oublier alentour, le vert sulfurique des algues empoisonnées. Comme si tout ce que nous voulions oublier, dompter, dissimuler, tout ce que nous croyons effacer se trouvait en vérité enchâssé, enfermé, au cœur même de ces mots sans âme que nous employons pour étouffer les cris.)

Je rencontre des salariés d'autres structures par acquit de conscience, parce que je veux être sûre que c'est la même chose ailleurs. Oui, c'est la même chose ailleurs, toutes les structures se ressemblent, conçues pour maximiser le rendement des porchers et celui des truies, le rendement des travailleurs humains et non humains, le rendement de ceux qui gèrent et de ceux qui sont gérés. Toutes les structures de production se ressemblent, seuls les êtres qui disparaissent sont uniques. Un ancien salarié, depuis peu à la retraite, me dit sur le même ton de plaisanterie, sous-entendu, j'étais fatigué ce jour-là, je n'y crois pas moi-même, avoir aperçu plusieurs fois dans un couloir le fantôme d'un porc boiteux. Il avait mal à la patte, il avait fait de son mieux pour courir avec les autres, sans se douter qu'il courait jusqu'au camion. À un moment, me dit le porcher à la retraite, il s'est arrêté pour me regarder. « Pauvre vieux. On aurait dit qu'il avait un doute et qu'il me demandait ce qu'il fallait qu'il fasse. » Il avait revu l'animal plusieurs fois, le regardant d'un air de reproche dans le long couloir vide. « Heureusement qu'une semaine après, je me barrais à la retraite. » Comme si une image finissait par s'imprimer dans votre esprit chaque fois que vous envisagez – un vide qui ne l'est pas vraiment. Comme il m'arrivera quelques années plus tard, regardant le fauteuil vide où ma mère aimait s'asseoir, de la revoir. Rien que de très humain. (Note sur l'instruction 8 : Si les animaux ont le pouvoir de nous hanter, n'est-ce pas qu'ils ont une âme ?)

L'autre chose dont personne ne parle, c'est la télépathie. C'est le troisième matin où je revêts la combinaison bleu marine, je suis Nicolas à l'intérieur de l'enclos des verrats. Ils sont six, comme les rois des anciennes légendes, six pères malgré eux des quinze mille condamnés de la structure, car tous ceux qui naissent ici sont issus de leur semence. L'odeur d'ammoniac mêlée à celle du lisier me prend à la gorge. Je n'y suis pas encore habituée, je dois retenir mon envie de vomir et de pleurer. Nicolas s'en rend compte. « Ça va ? » Je supplie mon corps de coopérer, si je chiale, si je gerbe, Nicolas ne me le pardonnera pas, finie notre sympathie et finie l'enquête. À l'intérieur de la structure vient vite ce moment où on se coupe de ses sensations pour pouvoir continuer. Ce moment où on traite son corps comme un chien. *Sage ! Au pied !* Mon corps obéit et je me coupe de mon odorat, j'en détache mes émotions, à partir de maintenant, je sentirai les odeurs sans ressentir ce que je sens. « Ça va », dis-je à Nicolas. Il fait sortir de l'une des cases un verrat tacheté de noir qui ne doit pas peser loin de quatre cents kilos. L'animal pourrait nous tuer, il suffirait qu'il se tourne vers nous et qu'il charge, les boucliers en plastique dont Nicolas a pris soin de nous armer n'y pourraient pas grand-chose, si le père de la porcherie décidait soudain de se révolter dans le tronçon de couloir hanté menant à la salle adjacente – mais il se laisse conduire docilement, et grimpe docilement sur un mannequin de cuir, une sorte de cheval d'arçons semblable à ceux avec lesquels les enfants jouent à saute-mouton, sur lequel le grand mâle s'allonge comme s'il montait une femelle. « Il est habitué », dit Nicolas, enfilant des gants en latex avant de le branler avec application. Le verrat se laisse faire comme un géant mélancolique, avant de pousser un long soupir une fois sa semence recueillie dans un verre à pied. « Au début, dit Nicolas, on place une cochette sous le mannequin pour les exciter. » Mais très vite, ce leurre n'est même plus nécessaire, l'instinct trompé des mâles croyant faire ce que commande la nature, alors qu'il sert la structure à son insu. Nicolas mêle la semence à un diluant pour préparer une quarantaine de sondes qu'il pose sur un chariot, et nous retraversons le couloir hanté dans l'autre sens, pour entrer dans la salle où attendent les femelles, debout dans leurs cages, les unes à côté des autres, présentant leur arrière-train. Nicolas les insémine l'une après l'autre, enfonçant la sonde en elles d'un geste rapide et délicat. « Il faut la diriger légèrement vers le haut pour ne pas leur faire mal en touchant l'urètre. » Les plus vieilles, celles qui en sont à leur troisième ou quatrième cycle d'insémination / mise-bas, ne bronchent pas. Les femelles ne tiennent pas plus de trois ans, ensuite, malgré les hormones que Nicolas leur injecte pour déclencher les chaleurs, malgré ses tentatives de les sauver en tentant deux, parfois trois, inséminations successives, ce qu'il n'est pas censé faire mais qu'il fait quand même, ensuite, on dirait que leur ventre ne marche plus, ça ne prend plus, l'utérus ne joue plus le jeu, terminé, les vieilles travailleuses licenciées sans préavis fileront à la réforme. L'une des truies frémit à peine on l'approche. C'est une cochette, une petite jeune, elle n'a pas connu le mâle, enfin, la sonde, elle n'a jamais eu d'enfants – elle n'a pas l'habitude. Nicolas me demande de lui caresser le dos pour la calmer. À peine je passe ma main sur son pelage dru qu'elle tourne la tête vers moi. *Alors on est amies ? Je peux te faire confiance ?* Nicolas me propose de l'inséminer. Comment je pourrais dire non ? Puisque je suis entrée. Je dirige la sonde vers le haut comme Nicolas me l'a montré, injectant en elle la semence qui deviendra, dans trois mois, trois semaines et trois jours, une portée de quinze condamnés. *Pardonne-moi.* La petite ne bronche pas, je ne lui ai pas fait mal. Nicolas me demande si je veux m'occuper de la suivante, je dis que je ne préfère pas. Alors que je m'apprête à pousser le chariot chargé de sondes, la petite tourne de nouveau la tête vers moi.

Me fixant de son œil immense bordé de longs cils blancs :

Ces enfants qui rêvent que des extraterrestres les torturent.

Ces enfants, ce sont nous.

Telle est l'image fulgurante passée des yeux de la cochette aux miens : celle d'enfants suppliciés par des extraterrestres, quelque part dans les airs, dans d'étranges salles immaculées.

Je suis tellement sidérée par cette vision que j'y repense toute la journée. À peine rentrée dans la chambre que je loue en ville – à un couple de retraités qui complètent leur pension en accueillant des touristes – je commence à faire des recherches sur ces rêves où des enfants se croient enlevés par des aliens. Ces cauchemars ont commencé à se répandre dans les années soixante-dix, des enfants, ou de jeunes adultes, rêvent que des extraterrestres les enlèvent dans des vaisseaux spatiaux pour les soumettre à des expériences. Les cauchemars impliquent presque toujours des scénarios de piqûres, les ravisseurs injectent des produits à leurs captifs, ont accès à leurs organes. Les images sont parfois tellement réalistes, et terrifiantes, que l'expérience paraît vécue, au réveil certains croient avoir *vraiment* été enlevés. D'où viennent ces rêves, et pourquoi paraissent-ils si réels, si crédibles aux rêveurs ? Certains psys font l'hypothèse de souvenirs traumatiques, de réminiscences d'agressions sexuelles. D'autres penchent pour des difficultés de communication, certains enfants trouvent les adultes incompréhensibles, hermétiques, bref, extraterrestres. Mais aucune de ces hypothèses n'a valeur de règle, il n'y a pas de point commun entre les rêveurs, rien qui puisse justifier la similitude de leurs scénarios d'enlèvement. Il faut croire que les premiers pas de l'homme sur la Lune, les films de science-fiction, les scénarios d'aliens, ont enrichi la grande bibliothèque des images qui voyagent désormais dans l'esprit humain. Mais. À peu près à la même époque, précisément dans les années soixante-dix, sont créés les élevages intensifs sur caillebotis, *où les pieds des animaux ne touchent jamais terre*. (Est-ce que je fais des associations que je ne devrais pas faire ? Est-ce que la majorité animale pourrait être en train de m'influencer ?) Les condamnés conçus dans les structures de production n'entendent ni le vent souffler, ni le chant des oiseaux, ni le craquement des branches. Leur environnement sonore est fait de vibrations de tuyauteries, de systèmes de ventilation, de grondements de moteurs – et de cris. (N'étaient ces cris stridents, force est de constater que notre environnement sonore ressemble au leur.) Ils ne respirent l'air extérieur qu'au pas de course, lors de passages à ciel ouvert d'un bâtiment à l'autre, environ quatre fois dans leur courte vie – hormis ces brefs éclats de jour, la lumière électrique est la seule qu'ils connaissent. Ils ne connaissent pas l'odeur de la terre, seulement celle des produits désinfectants et du lisier. Les porcelets subissent toutes sortes de *soins*, incluant l'ablation de la queue, la castration et le limage des dents, ils sont sans cesse piqués, vitamines, antibiotiques, fortifiants, pour tenir jusqu'au sevrage, jusqu'à l'engraissement, jusqu'à la fin. *S'écorchant les pieds sur le caillebotis. Cherchant en vain à revenir sur Terre*. La vie des condamnés ressemble étrangement aux cauchemars d'abduction extraterrestre des enfants.

Cela pourrait-il expliquer le réalisme des images, et l'obscure certitude que ces rêves ont eu lieu ?

Peut-être que les rêveurs, surtout quand ils sont jeunes, quand leur identité est encore perméable, captent durant leurs voyages nocturnes des images venues d'ailleurs. Des visions produites par des enfants d'autres espèces. Tais-toi, tais-toi, je t'en prie ! L'intruse a très peur de ce genre d'hypothèses. Surtout n'écris pas ça ! Tu vas passer pour une fille bizarre ! Être appréciée, prise au sérieux, ne pas être bizarre, c'est important pour l'intruse qui a toujours peur de ne pas s'intégrer. Les habitants de la ville humaine qui flânent dans les rues en ce début de printemps ont-ils envie d'entendre parler de la ville animale, et de cauchemars communiquant par des passages souterrains ? Ont-ils envie de sentir l'odeur mêlée de céréales et de désinfectant, qui persiste à coller aux cheveux et aux vêtements ? Bien sûr que non ! Ils n'en ont aucune envie ! L'intruse conserve au pays de Descartes une mentalité prudente de fille d'immigrée, pour sa mère, c'étaient les faux foulards Hermès achetés aux Galeries Lafayette censés faire oublier son enfance dans le quartier sicilien de Tunis. Pour l'intruse, c'est un vernis de rationalité censé faire pardonner la folie pirandellienne de ses origines. Mais l'hypothèse de rêves passant à travers murs et d'inconscients communiquant est-elle si folle ? Les animaux à sang chaud rêvent, eux aussi. Eux aussi enrichissent la grande bibliothèque des images. Carl Jung croyait qu'ils participaient à l'inconscient collectif, y apportant leurs émotions et leur mémoire.

Je me souviens d'avoir lu quelque chose de ce genre, dans la correspondance de Jung et de Wolfgang Pauli, quelques jours avant ce diagnostic de burn-out par lequel tout commença (j'envisageais d'écrire un scénario sur leur amitié, comme tout ça semble loin, aussi loin qu'une autre vie). Dans l'une de ses lettres, Jung émet l'idée que les animaux puissent jouer le rôle de messagers. Lui-même avoue à Pauli faire d'étranges rêves à cette période de sa vie, des rêves où des animaux sauvages creusent littéralement des routes nouvelles dans son esprit. Mais lorsqu'il les surprend en train de s'adonner à ce travail souterrain, les animaux semblent contrariés, ils le regardent avec colère, et Jung s'éveille en proie à de violentes tachycardies. Le physicien prend ces rêves plus au sérieux, si possible, que son ami psychiatre. Pauli lui conseille de ne plus épier la nuit ces animaux ombrageux, mais Jung, persuadé qu'ils ont quelque chose à lui apprendre, continue à les observer en rêve, quitte à se réveiller avec d'atroces palpitations. (Note sur l'instruction 9 : On dirait qu'enfant nous avons su quelque chose, une chose à laquelle, une fois devenus adultes, nous n'osons plus penser. Comme si des passages existaient, d'un inconscient à l'autre, d'une mémoire à l'autre, des passages ne reliant pas seulement les membres d'une même famille, mais menant bien plus loin que nous ne voulons l'imaginer, jusqu'à des inconnus, de lointains inconnus, des inconnus *d'autres espèces*. Comme si se mettre à la place d'un animal conduit à l'abattoir révélait une identité ancienne, empruntant ces passages, communiquant par songes, reconnaissant les signes. Cette identité que la structure veut nous faire oublier – tuer.)

J'ai gravé dans ma mémoire le numéro tatoué sur l'oreille de la cochette. 9887. Un numéro, ce n'est pas un nom, mais c'est mieux que rien. Seuls les condamnés faisant partie de l'élite reproductrice, les neuf cents femelles destinées à la mise-bas et les six verrats, ont un numéro à eux. Les quinze mille autres n'en ont même pas, ils ne sont que des lots. 9887. Il te faut un nom, petite qui as forcé mon esprit avec l'image de ton enlèvement par l'extraterrestre que je suis. Cochette, petite, jeunette, Coré. Coré 9887 a ouvert un passage dans ma tête, comme ces grands animaux farouches dont rêvait Carl Jung dans ses nuits tachycardes. Je n'arrête pas de penser à elle, je n'arrête pas de penser aux quinze condamnés grandissant dans son ventre – les truies, croisées pour maximiser leur fertilité, peuvent mettre au monde des portées de dix-huit porcelets, plus qu'elles n'ont de mamelles – grandissant par ma faute, puisque c'est moi qui l'ai inséminée. Même si je ne l'avais pas inséminée, ce serait ma faute.

Quand je rentre à Paris, je me sens décalée. Même si mon immersion dans la structure ne dure pas longtemps – trois, quatre jours d'affilée, au total, je ferai quatre allers-retours dans l'année, il arrivera aussi que je reste le week-end en raison de liens d'amitié, pour rencontrer la famille de Nicolas, ou pour passer la journée avec une ancienne porchère – même si mon immersion se compte en jours, chaque fois que je rentre, j'ai l'impression que beaucoup de temps s'est écoulé. Comme si les jours passés à l'intérieur de la structure de production se comptaient en semaines dans le monde extérieur, si ce n'est en années. On vieillit vite à l'intérieur d'une structure de production animale, comme dans un monde ensorcelé, vite et sans s'en rendre compte. Je retrouverai cette sensation quelques années plus tard, en accompagnant ma mère en fin de vie dans un autre genre de structure, en soins palliatifs. Quand ma mère est morte, quand j'ai récupéré ses affaires et son certificat de décès, quand j'ai franchi la porte de l'hôpital pour la dernière fois, j'étais exsangue. Comme si accompagner un être aimé jusqu'aux rives du Styx vous faisait perdre vos forces, obscurément, souterrainement, sans que vous vous en rendiez compte. C'est seulement une fois revenue au monde ordinaire, une fois remontée, que vous comprenez que vous êtes partie bien plus longtemps que ne l'indique le calendrier. La même chose se produit à l'intérieur d'une structure de production animale. Sauf que ce n'est pas une personne que vous accompagnez aux portes de la mort, mais des dizaines de milliers. (Note sur l'instruction 10 : En apparence, la structure de production est bâtie sur la logique, mais je commence à croire qu'elle est comme ces tours dont la logique apparente cache l'obscurité des fondations, bâtie sur une chose cachée, une chose irrationnelle et puissante qui hante le sous-sol. Dans les légendes, les tours maudites sont élevées sur le dos d'un monstre. La structure de production a beau être composée de bâtiments rectangulaires, elle est bâtie sur la peur. La peur d'une identité inconnue, la peur de liens imaginaires, d'associations incontrôlables, de ce que la mémoire relie quand elle ne devrait pas le relier, la peur de notre reflet dans l'œil immense d'une truie

– la grande peur de l'âme. En raison de cette peur féroce et méthodique, plus le rendement est optimal, plus la structure produit de damnés.)

Jean me fait remarquer un matin que j'ai des cheveux blancs. J'hésite à prendre rendez-vous chez le coiffeur. L'idée de les teindre me fait peur, comme si ces cheveux blancs étaient un signe que je ne devais pas effacer, un signe prouvant la réalité de mon effroi, la réalité de Coré 9887 restée à l'intérieur avec les condamnés dans ses flancs. Nicolas m'a prévenue que j'allais me sentir décalée en revenant dans le monde *normal.* Décalés, les porchers le sont à peine ils franchissent le sas des douches dans l'autre sens. Retrouvant leurs vêtements ordinaires, les enfilant comme une autre peau – leur peau d'habitants de la ville humaine.

Ils ne savent pas. Ils ne se doutent de rien. Cette sensation de décalage en arrivant gare Montparnasse, voyant les familles, les amoureux attendant leur bien-aimé sourire aux lèvres au bout du quai. Dans la ville humaine, les enfants sont consolés lorsqu'ils crient (cette pensée bizarre qui m'a traversée dans le wagon où hurlait un petit). *Ils ne savent rien.* Sur le long tapis roulant reliant la gare au métro, dans l'immense corridor où afflue la foule pressée du vendredi soir, revoyant les condamnés courir dans le couloir, obéissant, galopant, faisant de leur mieux pour tenir le rythme. Juste devant moi, une femme dont j'admire le brushing parfait parle travail avec un homme en costume, un nom de famille revient sans arrêt, celui du chef, probablement. Le mot proactif revient deux ou trois fois dans la bouche de la femme au brushing. Ce mot m'a toujours fait peur. Peut-être parce que le néologisme, plus ou moins synonyme d'initiative et d'autonomie, ressemble à une condamnation – si tu n'es ni pro ni actif, gare. Les condamnés apprennent vite à ne pas traîner dans les couloirs, ils perçoivent la contrariété, le stress de leurs supérieurs, même si ce sont des supérieurs d'une autre espèce, quand l'un d'eux ralentit ou divague. Ils coopèrent en galopant, ils coopèrent en mangeant vite, ils coopèrent en observant – surtout les jeunes. Passé l'inévitable moment d'angoisse où ils se figent sur place quand un humain apparaît, les jeunes finissent toujours par s'approcher, retrouvant timidement leur curiosité naturelle, tentant d'établir le contact. *Hey, tu es qui, toi ? Tu veux jouer avec moi ?* Mais c'est la bonne volonté des femelles qui me hante le plus. Les truies les plus anciennes attendant les jeunes paralysées de trouille, car les femelles crèvent d'angoisse chaque fois qu'elles sont déplacées, surtout après l'enlèvement des petits, certaines ne veulent carrément plus bouger, elles pourraient rester dans le couloir toute la journée à hurler, si les plus vieilles ne les attendaient pas, ne les encourageaient pas – si elles n'aidaient pas les porchers à faire leur travail, si elles ne bossaient pas avec les humains, en plus de faire leur boulot de mères porteuses. Carrément proactives, les truies. Les porcs aussi, proactifs, même si vers la fin il y en a qui deviennent fous, mordant leurs voisins, hurlant toute la journée, finissant l'œil vide et la bouche entrouverte. Proactif ou fou, tel est le destin du travailleur animal, galopant, obéissant, s'engouffrant dans le camion sur le quai d'embarquement – à moins que son œil s'ouvre pour vous balancer des images dans la tête, comme Coré 9887.

C'est clair, je suis décalée. Je m'en rends compte en racontant à Jean – à peu près les scènes que je viens de raconter – sauf que je les décris comme des événements lointains, passés depuis des siècles, des scènes vues dans un film où je n'étais même pas là. « Il y avait une femelle qui n'allait pas bien, allongée dans l'une des salles d'engraissement. Une autre truie s'était couchée face à elle, elle avait posé sa joue contre la sienne et une patte sur ses yeux, comme pour soulager sa peine. Comme pour lui dire, je suis là, je suis avec toi, ne regarde pas. » Jean reste silencieux, son œil se met à briller, je me rends compte qu'il pleure. C'est terrible, murmure-t-il. Je dis oui, c'est terrible, mais j'ai l'impression que ces mots ne veulent rien dire, l'impression d'être anesthésiée, je ne sais même pas ce que je pense vraiment. J'en veux à Jean d'éprouver une émotion que je ne parviens pas à ressentir. Je ne sais pas ce que je ressens. Peut-être que ça vient du jour où j'ai bloqué mon odorat.

Une colère sourde contre les habitants de la ville humaine est le seul sentiment que j'éprouve. Je leur en veux pour ce qu'ils font aux habitants de la ville animale. Je leur en veux pour ce qu'ils font sans le savoir. Quant à mes autres émotions, elles sont restées enfermées à l'intérieur avec Coré 9887. À croire que la narratrice sans visage appartient maintenant aux deux villes, la ville humaine et l'autre, comme si elle avait acquis par ses allers-retours une sorte de double nationalité.

C'est atroce, dit Andrea, une amie comédienne que j'ai connue au cours Florent, en même temps que Grace. Elle est venue dîner à la maison avec son compagnon. Je viens de leur raconter que les animaux voyaient cinq fois la lumière du jour, quatre fois durant leur passage entre deux bâtiments, la cinquième par les interstices du camion qui les emmène à l'abattoir. Il faut être sadique pour travailler là-dedans, non ? dit le mec d'Andrea. Pas plus sadique que pour faire ton boulot, dis-je. Le compagnon d'Andrea coache des dirigeants, il aurait voulu être comédien, lui aussi, mais il a renoncé. C'est cruel de le lui rappeler, Jean me lance un regard de reproche. Après leur départ, je ressens à nouveau cette sensation d'étrangeté, comme si durant toute la soirée Andrea et son mec avaient cessé d'être mes amis pour devenir – *eux*. Cette sourde colère contre mon espèce – *eux*. Comme si ma double nationalité animale et humaine commençait à me tirailler. Je me réveille au milieu de la nuit avec une tachycardie démente, mon cœur s'emballe, je suffoque, Jean appelle les urgences médicales, un médecin arrive vers cinq heures du matin avec un électrocardiographe portable qui ne révèle rien d'anormal. Il me prescrit des bêtabloquants et un check-up complet avec un cardiologue.

Je commence à me demander si suivre l'instruction n'est pas dangereux. La fameuse mise en garde, figurant en introduction de tous les livres d'ancien savoir, *à ne pratiquer que sous la conduite d'un maître expérimenté*. Se mettre à la place de l'autre, ça n'a l'air de rien, mais la magie sympathique est tellement plus puissante qu'on ne croit, tellement plus élémentaire, comme une force qu'on croit apprivoiser mais qui nous mène toujours plus loin, échappant à notre contrôle. En quête de conseils que seul un maître nomade pourrait donner, je commande à Marianna un livre de plus, *Le Chemin de la grande perfection*, écrit au dix-neuvième siècle par Patrül Rinpoché, un maître vagabond, sorte de saint François tibétain, connu pour son amour des animaux. J'espère y trouver une précision sur l'instruction, mais je ne trouve rien d'autre que ce genre de passages : « On exploite le gros bétail et les moutons jusqu'à la mort. Quand ils sont trop vieux, on les tue ou on les vend. De toute façon, ils sont promis à la boucherie et la mort naturelle leur est inconnue. Ainsi les animaux vivent-ils dans d'inconcevables souffrances. Quand nous voyons un être torturé de la sorte, mettons-nous mentalement à sa place et pensons dans le détail à tout ce qu'il subit. » L'instruction est sans pitié.

Le jour où je vais chercher le livre, j'ai des cernes sous les yeux à cause des tachycardies de la nuit, les bêtabloquants m'ont rendue comateuse comme un lendemain de cuite. Tout va bien ? dit Marianna. Tu te souviens de cette instruction ? dis-je. Se mettre à la place d'un animal conduit à l'abattoir… Je me mets à chialer avant d'avoir fini de résumer la situation. Je crois que tu as besoin d'un thé, dit Marianna tout en donnant un tour de clé à la porte de la librairie, ne t'en fais pas, il est presque dix-neuf heures, j'allais fermer de toute façon. Elle me fait asseoir dans son arrière-boutique qui donne sur une petite cour arborée, impossible à deviner depuis la rue. Elle est si sereine, si charmante, cette cour, avec ses rosiers, son citronnier, son olivier en pot, que l'on devine amoureusement soignés, arrosés, aimés. Comme si les structures de production animale n'existaient pas. Comme si elles n'avaient jamais existé. *Mais elles existent. Partout.* Marianna me sert une tasse de thé vert à peine infusé, raffiné, délicat comme les arbres en pot qui nous entourent. Elle me dit quelque chose sur la souffrance des êtres, quelque chose que je ne relève pas sur le moment, mais qui me froisse. Voyant que ses paroles ne semblent pas produire la consolation espérée, Marianna insiste. La vie entière est une sorte de rêve, tout est impermanent, dit-elle, y compris la souffrance qui est une illusion à l'intérieur de l'illusion. « Comment tu peux dire ça ? » Je me suis levée comme si la chaise de jardin était devenue brûlante. Marianna me regarde décontenancée. « Comment tu peux dire que la vie est un rêve ? Je ne te demande pas de me faire un cours de métaphysique. Je te demande comment, toi, tu peux dire ça ? Qu'est-ce qui t'en donne le droit ? » (Note sur l'instruction 11 : Ce décalage entre les choses sublimes que nous croyons comprendre et ce que nous faisons subir aux bêtes. Plus nous croyons comprendre, plus nous nous sentons autorisés à blesser, achever, dévorer, ceux qui selon nous ne comprennent pas. C'est une profanation d'invoquer des vérités que nous n'incarnons pas, de les répéter comme si on savait ce qu'on dit alors que nous ne les vivons pas, tout ça pour les transformer en permis de tuer.) (Note sur l'instruction 12 : La structure de production est un cauchemar. Mais Coré 9887 le sait mieux que moi.) Marianna dit que je devrais prendre des vacances. Elle dit que je devrais prendre soin de moi. Sa voix douce, relevée d'une pointe de condescendance, oh presque rien, la voix d'une fille sûre de sa bonté, de son indéniable supériorité spirituelle. « Les gens souffrent dans ce genre d'endroits, je n'en doute pas. Les animaux aussi. Mais à part devenir végétarienne, qu'est-ce que tu peux faire contre ça ? » dit Marianna, me tendant la tasse de thé dont je n'ai bu qu'une gorgée. « Ta vie à toi, elle est ici. C'est triste, ce qui se passe là-bas. Mais ce n'est pas ton monde. » Voilà qu'elle me reprend, cette sourde colère contre l'espèce humaine. « Bien sûr que c'est mon monde. Non seulement le mien, mais le tien. » La structure de production animale est la matrice de notre monde, elle l'organise à son image, elle nous nourrit et nous dévore, voilà ce que je dirais à Marianna si je voulais poursuivre la discussion, mais je n'en ai plus la force. « Il faut que j'y aille. » Marianna me précède jusqu'à la porte, je jette un coup d'œil aux livres sur leurs étagères, tous ces livres qui ne parlent que de métamorphose et de révolution. « Merci pour la pause. C'est ce qu'on fait tous en entrant dans ta boutique, non ? Une pause spirituelle pour avoir bonne conscience, et tout repart comme avant. » Le lendemain, j'appelle Marianna pour m'excuser, elle me dit qu'elle ne m'en veut pas, mais je sens bien que quelque chose est, si ce n'est cassé entre nous, froissé.

Je ne suis pas végétarienne. Même si je l'étais, cela ne changerait rien à ma responsabilité, mon immense responsabilité. La structure existe. J'existe en même temps qu'elle.

Je ne suis pas végétarienne, mais je ne mange presque plus de viande. Presque signifiant, cette année-là, six fois, peut-être, dans l'année. Les choses n'ont pas beaucoup changé depuis. Je mange très peu d'animaux. Je m'assure qu'ils aient été élevés, plutôt que produits. Un jour où je mange chez ma mère, elle est encore en vie au moment de l'enquête, je n'ose pas refuser la tranche de veau aux olives qu'elle a cuisinée pour moi. Ma mère qui a grandi dans ce quartier pauvre de Tunis où les enfants parlaient plusieurs langues, français, italien, espagnol, arabe, avec la même facilité qu'ils mouraient de la tuberculose, ma mère qui garde sa carte d'identité sur elle, même pour faire ses courses, parce qu'elle a toujours peur de ne pas être en règle, ma mère si fière de sa fille romancière – impossible de ne pas manger ce veau aux olives, je sais très bien ce qu'elle se dirait, ma fille n'a plus rien à voir avec moi. Alors je dis une prière dans ma tête en pensant à ce veau, une sorte de bénédicité discret, se réduisant à un mot. *Merci.* À partir de ce jour-là, je garderai cette habitude de dire quelques mots de remerciement silencieux, à la mémoire de l'animal qui me nourrit. (Note sur l'instruction 13 : Remercier l'animal qui nous donne sa chair est tout à fait praticable en société. C'est simple, silencieux, rapide. Juste une petite pensée qu'il n'est même pas nécessaire de formuler à voix haute. Pas de quoi se faire remarquer. Mais si discrète soit-elle, c'est bien une opération de magie dont il s'agit. Car elle est impossible à pratiquer dans un certain nombre de circonstances, qu'elle semble mettre en lumière, comme ces lampes spéciales employées sur les scènes de crime. Impossible si l'animal a été produit et traité comme une chose, impossible en ayant la tête ailleurs, impossible en ayant cinq minutes pour manger, entre deux rendez-vous urgents… si nous nous abstenions de manger des animaux chaque fois qu'il nous est impossible de les remercier, il est probable que notre consommation se régulerait d'elle-même.) (Note sur l'instruction 14 : Je crois qu'on peut manger de la viande, rarement, en ayant conscience de faire un repas sacré. Si j'étais végétarienne, je craindrais de me croire innocente. Je craindrais que l'occasion de remercier ne se présente plus.)

Coré 9887 doit avoir été séparée de ses petits à l'heure qu'il est. Ils sont en train d'engraisser à l'heure qu'il est. Coré doit être de nouveau en chaleur à l'heure qu'il est. Les crises de tachycardie nocturnes se multiplient, sans que les deux cardiologues que je consulte n'en trouvent la cause physiologique. Les bêtabloquants me sont finalement déconseillés, je dois en faire un usage aussi rare que possible car mon rythme cardiaque normal est très lent. Cela rend les palpitations d'autant plus affolantes. Pour calmer les crises, le deuxième cardiologue m'a prescrit un médicament sans ordonnance à base d'aubépine, ça marche plus ou moins. Coré 9887 doit être de nouveau enceinte à l'heure qu'il est. Si la littérature ne peut rien pour elle, si la magie sympathique ne peut rien pour elle, si je ne parviens pas à réaliser l'instruction, alors ce sont les activistes qui ont raison – il faut tout faire péter. Mais si l'effraction et l'explosion sont plus fortes que l'âme, n'est-ce pas la structure qui aura gagné ?

L'âme des bêtes. Même par les défenseurs de la cause animale, ce sujet n'est jamais abordé.

Déjà que parler de son âme est tabou dans notre monde, alors l'âme des bêtes. Ce n'est même pas *imaginable.* Ce que ça pourrait signifier, on ne veut pas le savoir. Je t'en supplie, gémit l'intruse, n'écris pas ce genre de choses. Bien obligée, à trois heures du matin, quand on frissonne dans son pyjama et qu'on vient de prendre deux dragées de Cardiocalm à l'aubépine, espérant que les battements fous ralentissent, que le galop se calme, bien obligée d'écrire ce genre de choses. À quoi bon écrire si la littérature ne peut rien pour Coré ? Si les mots ne peuvent entrer à l'intérieur de la structure, s'ils ne peuvent s'immiscer à l'intérieur des cages, s'ils ne rejoignent pas les condamnés dans l'obscurité – à quoi bon ? Si Coré n'a pas d'âme, la littérature ne peut rien pour elle et c'est mon âme que je renie. C'est mon âme que je renie si les bêtes n'ont pas d'âme.

Mais si les animaux ont une âme, Coré 9887 est en enfer.

Un soir, en sortant de chez Grace, je cours pour attraper le dernier métro, dévalant l'escalier, je monte juste au moment où les portes se ferment. Je me retrouve seule dans une rame vide, face à un jeune type à l'air goguenard, tenant un rottweiler en laisse. Je ne serais jamais montée si je l'avais vu. J'ai peur des chiens. Cette peur remonte à l'enfance, quand la maison que nous habitions se trouvait au bout d'un chemin escarpé, bordé d'autres maisons semblables, toutes gardées par des dobermans ou des dogues. J'avais oublié combien je craignais les chiens de garde, ces chiens dressés pour chasser l'intrus – l'intruse qui bravement dissimule sa terreur, tandis que les conseils que sa mère lui donnait autrefois, pour ses premières sorties, lui reviennent comme un fredonnement. Toujours monter dans la première voiture, me disait ma mère (dommage, je suis dans la dernière), parce qu'en cas de problème, tu seras plus près du conducteur. Si tu te retrouves seule face à quelqu'un (sous-entendu, un homme), ne le regarde pas dans les yeux. Parce que c'est ça, être une femme dans l'espace public, plus encore dans l'espace nocturne, plus encore dans un souterrain, même à trente-huit ans, c'est ça. Redevenir une fille qui sort pour la première fois, se souvenir des peurs brandies par sa mère, des agressions redoutées, subies, évitées de justesse, ces peurs qui vous reviennent quand vous voyagez seule, quand vous sortez la nuit, partout où vous êtes la fille – l'éternelle intruse sur un territoire qui n'est pas le sien. (Note sur l'instruction 15 : Toute peur est une peur de franchir la mauvaise frontière, de la franchir sans le savoir et de le comprendre trop tard.) Mes yeux glissent vite sur le garçon, car c'est plus un garçon qu'un homme, pour retenir le maximum d'informations utiles, au cas où il faudrait négocier avec lui, au cas où il menacerait de *lâcher son chien sur moi.* Il doit avoir une vingtaine d'années, très maigre, presque chétif, avec son sweat à capuche et son pantalon large, on dirait une crevette flottant dans des vêtements d'homme. Inutile de croiser son regard, inutile de jouer à ça. Alors mes yeux, faute de pouvoir se poser ailleurs, s'abaissent sur la chienne assise à ses pieds. Le rottweiler me fixe, immobile sur ses pattes arrière. La main juvénile de son maître relâche un peu la chaîne qui lui sert de laisse, frôlant l'attache de la muselière, comme pour signifier sous la lumière crue des néons qu'il a ce pouvoir-là. Celui de retenir la bête – ou pas. La chienne fixe l'humaine assise à trois mètres d'elle. Sa muselière ressemble à un masque de cuir. Au-dessus du harnachement brille son œil pailleté d'or.

La chienne pleure.

Elle pleure, j'en suis aussi sidérée qu'absolument certaine, elle pleure une autre vie, comme un flot d'images passant de son œil au mien. La peur que provoque sa gueule muselée. La douleur d'être muselée. La chaîne qu'il tire en arrière exprès pour la faire gronder. Elle qui fait peur aux voisins. Aux enfants. Elle qui obéit. Elle qui gronde. Elle qui ne peut faire autrement qu'obéir. Elle qui se réveille en pleurant la nuit.

Je porte sa rage.

Je comprends, voudrais-je lui dire. Je comprends.

Je suis encore bouleversée par cet échange silencieux quand j'arrive chez moi. Est-ce que la chienne a su… quoi ? Que j'entendais, que je voyais, que je sentais ? Jean dort déjà, je me déshabille sans faire de bruit. C'est la deuxième fois qu'un animal me parle par images. La première fois, c'était Coré 9887. Enfin, la deuxième fois qu'un animal *inconnu* me parle par images. Cela m'arrive plusieurs fois par jour avec Maya, mais je n'avais jamais prêté attention jusqu'ici à la façon dont les images se transmettent, entre elle et moi. Maya, toujours partante pour veiller avec moi au milieu de la nuit, se frottant contre ma jambe tandis que je fais chauffer de l'eau pour me faire un thé. Maya imprimant dans mon esprit les images de ses souhaits, d'humbles souhaits de chat, entrebâille donc la fenêtre pour que je traîne sur le rebord, ouvre-moi cette porte, sers-moi donc à manger. On accepte facilement, sans même s'en rendre compte, cette communication avec les animaux qu'on connaît, parce qu'ils dépendent de nous, parce que nous ne craignons pas qu'ils disent des choses terrifiantes, parce que nous limitons le flot d'images à ce que nous attendons d'eux, demandes de nourriture et de tendresse essentiellement. Est-ce tout ce qu'ils nous disent, ou tout ce que nous voulons entendre ? Nous ne parlons pas, et ne parlerons jamais, la même langue. Il n'y a donc aucune preuve de ce qui se passe entre nous. Aucun moyen de vérifier ce que Coré m'a dit. Aucun moyen de vérifier ce qu'a dit la chienne. Aucun moyen de savoir si ma réponse, mon émotion, leur est parvenue, ni sous quelle forme. C'est à partir de cette absence de preuves que les chemins divergent. En l'absence de preuves, tout peut être nié ou tout devient possible. Nous pouvons décider qu'il n'y a rien, entre eux qui ne parlent pas et nous. Ils ne viendront pas nous contredire, nous aurons toujours le dernier mot. Nous pouvons aussi admettre que quelque chose existe, circule, le temps d'un coup d'œil ou d'un frémissement – la possibilité de la magie. (Note sur l'instruction 16 : Se mettre à la place de l'autre ne consiste pas à parler à sa place. Se mettre à la place de l'autre ne consiste pas à substituer sa subjectivité à la sienne. C'est ça, l'anthropomorphisme, l'abus de pouvoir éternel de celui qui parle sur celle qui est privée de parole. Se mettre à la place de l'autre consiste à créer une image. Une image tremblante, furtive, qui n'est ni moi ni l'autre, mais notre échange de regard, le croisement imaginé de nos deux perceptions. Ce croisement est le lieu de la magie sympathique. Mon image de la chienne n'est pas la chienne réelle, mais elle suppose l'image que la chienne eut de moi. Mon image de Coré n'est pas la vraie Coré, mais elle suppose l'image que Coré eut de moi. Ces images disent qu'entre nous, il s'est passé quelque chose. Quelque chose d'impossible à prouver, demandant à être raconté – une histoire.)

Quand je raconte à Grace les arguments qu'emploient les dirigeants des structures de production pour convaincre leurs salariés de faire le sale boulot – abattre eux-mêmes les condamnés qui ralentissent la cadence, qui ne suivent pas le rythme, pour éviter que l'abattoir ne leur applique des pénalités – elle hausse le sourcil avant de sortir un carnet de la poche de son sac, pour griffonner quelque chose de son écriture pattes de mouche. Elle avait rendez-vous dans le quartier avec un client potentiel, le directeur d'un espace de coworking qui a besoin d'un nouveau site web, on s'est retrouvées au café juste après. Sa mine défaite m'a inquiétée, je lui ai demandé comment ça s'était passé, elle n'avait pas envie d'en parler. Parle-moi plutôt de ton enquête, a dit Grace. « L'argument qu'on leur donne, ce qu'on leur dit en formation, c'est que les animaux ne souffrent pas. Pas vraiment. Pas comme nous. Le chef d'élevage est censé éliminer les animaux mal-à-pied, c'est le nom qu'on donne aux boiteux et aux malades, avec un Matador. C'est un pistolet avec une tige à l'intérieur, il faut tirer entre les deux yeux pour perforer la cervelle. Nicolas m'a raconté qu'il arrivait que les porcs ne meurent pas tout de suite. D'anciens salariés d'un autre élevage m'ont dit la même chose. Il n'empêche que leur direction leur répète que si un cochon vocalise, c'est le terme technique pour gueuler, s'il vocalise, s'il bat des pattes, ce n'est pas parce qu'il a mal ni parce qu'il a peur de crever. Ce sont des mouvements réflexes, voilà ce qu'on leur raconte. Les porchers ne sont pas dupes mais font semblant de l'être pour ne pas avoir d'ennuis… Je peux savoir ce que tu notes ? » Grace me regarde d'un air fasciné : « Ils ne supportent pas l'idée de les faire souffrir… Tu te rends compte de ce que ça veut dire ? Même les dirigeants qui passent le moins de temps possible à l'intérieur, ils ne supportent pas… C'est pour ça qu'ils inventent ces craques sur le fait que les bêtes ne se rendent pas compte. – Le problème, tu vois, c'est que les porchers se rendent très bien compte que ce sont des craques. Il suffit qu'ils croisent le regard d'un animal. » Grace hoche la tête, elle a encore maigri depuis la dernière fois qu'on s'est vues, je remarque sa chemise froissée, ses cheveux un peu sales et, malgré ça, ce charme évanescent, inquiétant, comme celui d'un ange perdu sur Terre, un ange foirant ses entretiens, perdant ses boulots, détestant tout ce qui a rapport à la matière. « C'est comme pour les femmes, dit-elle. — Comment ça, comme pour les femmes ? — Au fond, les hommes ne supportent pas l'idée de nous faire souffrir. C'est pour ça qu'ils ont inventé le masochisme. Pour se faire croire qu'on aimait ça, la soumission, l'aliénation, pour se faire croire qu'on en a besoin. Ils ne supportent pas la souffrance qu'ils infligent… Tu ne trouves pas ça rassurant ? — Pas vraiment. Je ne trouve pas que le déni soit rassurant. — Mais ce déni, ça veut dire qu'il y a quelque chose en nous… quelque chose qui ne supporte pas de faire le mal… il y a quelque chose en nous… qu'on essaie tous de préserver… quelque chose de bon… » La voix de Grace se brise et elle se met à pleurer. Elle me raconte que le directeur de l'espace de coworking l'a jaugée tout de suite, il a tout de suite compris qu'elle était aux abois. Il a suffi de dix minutes pour qu'elle accepte des délais intenables et de diviser son prix par trois. « Je me sens tellement conne. Tellement inadaptée. — Non, Grace, ce n'est pas vrai. Arrête de dire ça, je t'interdis de dire ça. » Alors que je pense le contraire. Grace est inadaptée. Coré 9887 est inadaptée. *À l'intérieur de la structure, seuls les inadaptés sont sains d'esprit.* Grace me raconte qu'elle avait rendez-vous hier à la mairie pour remplir un dossier d'aide sociale, pour que son électricité ne soit pas coupée, elle dit qu'elle a attendu trois heures et demie. Il n'y avait qu'une seule personne pour gérer toutes les demandes. Quand son tour est arrivé, elle était à cran. Elle avait hâte d'avoir la réponse. Est-ce qu'elle aurait l'aide ? Est-ce qu'elle l'aurait à temps ? L'employé de la mairie était gentil mais il ne pouvait lui faire aucune promesse sur les délais. « Quand tu deviens pauvre, on dirait que le temps joue toujours contre toi. Soit tu attends des heures, soit tu es tellement pressé qu'on dirait que tu saignes. » Elle n'a pas gaffé pourtant. Pas demandé au directeur de l'espace de coworking quand serait versé son premier acompte, pas commis ce genre de bourde qui montre qu'on a faim. Mais il a compris tout de suite. Quelque chose de négligé dans sa tenue. (Chemise à rayures, usée au col, un peu froissée, donc. Mais à part ça ? Blazer bleu marine, jean, boots en cuir.) Ce n'était pas sa tenue qui l'avait trahie, croyait-elle. C'étaient ses gestes, nerveux, saccadés, les gestes des pauvres qui sont toujours pressés, le moindre retard de paiement les enfonçant un peu plus dans un marécage de gestion, comme si les processus automatisés, si simples tant qu'on est comme tout le monde, se compliquaient, multipliant les vérifications, laminant, lacérant tous ceux qui s'écartent de la norme. « Le pire, dit Grace, c'est que je commence à être obsédée par tout ça. Au point de ne plus penser qu'à ça. Je n'écris plus. Je n'arrive plus à lire. Je n'arrive plus à dormir. Je n'arrive plus à rien. » Je pourrais être Grace. Nous pourrions être Grace. On dirait que tous les gens assis dans le rade pensent la même chose, lui jetant des coups d'œil furtifs avant de détourner la tête.

« Fais-moi l'amour. Maintenant. » Pour moi, cette phrase n'est pas associée au désir mais à la peur de mourir. La peur que le loyer à payer, les impôts à déclarer, les attestations à télécharger, le budget à boucler finissent par envahir mon esprit au point qu'il se réduise à un mouvement réflexe – moi d'abord, moi d'abord, moi d'abord – comme le mouvement réflexe du porc agonisant, pédalant, pédalant, pédalant dans le vide, vocalisant, vocalisant, pauvre réflexe animal épouvanté, moi d'abord, moi d'abord, moi d'abord, puis plus rien. S'il ne reste plus que ça, moi d'abord, moi d'abord, si cette obsession contamine, dévore tout, je mourrai sans m'en rendre compte, je suis en train de mourir, je suis déjà morte, d'une mort absurdement laborieuse, frénétique, industrieuse, comme un pédalage dans le vide à perpétuité, moi d'abord, moi d'abord. Alors je dis à Jean : « Fais-moi l'amour. Maintenant. » J'essaye de donner à cet ordre impérieux quelque chose de plaisant, quelque chose d'érotique, qu'il ne devine pas l'effroi dissimulé. Qu'il ne devine pas la narratrice sans visage à plat ventre sous son poids comme un serpent exténué, observant les grains de poussière danser à contre-jour, se remémorant la poussière des salles où les truies sont encagées, une poussière faite de particules fines urticantes qui donne de l'asthme et des conjonctivites. Imaginant les condamnés sortis du ventre de Coré 9887 en train d'engraisser dans des salles aveugles, condamnés que j'ai contribué à faire naître et à tuer. Je suis un peu leur marraine. Ou pire encore, leur mère ? Quel lien de parenté existe-t-il entre nous et des êtres qui n'existeraient pas si nous n'avions pas fait un geste ? Nicolas l'aurait fait, mais ça n'aurait pas été exactement le même geste, la semence ne serait pas arrivée de la même façon, les condamnés n'auraient pas été exactement les mêmes, ils n'auraient pas été eux. (Note sur l'instruction 17 : Les gestes techniques dissimulent un lien de parenté occulte. L'employé de la mairie est lié à Grace, comme je suis liée, moi, à Coré et à ses enfants. Nous sommes plus proches qu'on ne croit de ceux qui sont loin.) Durant ces mois d'enquête, Jean et moi faisons l'amour avec férocité. « Comme si on venait de se rencontrer », dit-il. Comme si nous étions en train de redevenir des étrangers. Peut-être que je suis en train de changer. Peut-être que c'est lui qui change à mes yeux, je le vois d'un autre œil, observant avec une acuité nouvelle son regard mélancolique, sa peau pâle et les veines saillantes sur ses mains, autant de détails auxquels je me croyais habituée. Comme si je me sentais si étrangère à la race humaine que je retrouvais des sensations de virginité – cet étonnement quand j'avais fait l'amour la première fois, à dix-huit ans. Comment peut-on être si proche de quelqu'un qui n'est pas soi ? Comment peut-on être si proche de quelqu'un de si loin ? Oui, comment ?

Enfin, je vois. Cela arrive au début de l'automne.

Je vois ce que j'ai déjà vu des dizaines de fois. Chaque fois que Nicolas ou un autre porcher ouvrait une porte, c'était là, sous mes yeux, mais je ne voyais pas, je ne voulais pas voir – comment expliquer ça, sinon ? La chose effroyable reste invisible un certain temps, c'est comme ça qu'elle vous piège. Vous croyez ne l'avoir jamais vue, sauf que vous l'avez vue un nombre incalculable de fois. Au moment où elle apparaît pour la première fois, vous réalisez trop tard qu'elle a toujours été là.

La chose effroyable vous réveille la nuit. Elle fait accélérer votre cœur comme si c'était vous que le camion venait chercher – parce que c'est vous qu'il vient chercher, chaque nuit, les phares s'allument pour vous, le moteur gronde pour vous, c'est pour vous qu'à l'aube, les robots fendeurs-découpeurs se mettent en marche. La chose effroyable le sait.

La chose effroyable n'est ni sanglante ni spectaculaire. Elle ne crie pas, ne hurle pas, ne gémit pas. C'est pour ça qu'au début, elle passe inaperçue. Les cris des condamnés, les castrations, les pattes blessées, le camion qui les emporte, les lames de l'abattoir, six cents égorgements à l'heure, on croit que c'est ça, le cauchemar. Le sang est ce dont on se souvient en premier. Mais les choses déjà vues sont les plus dangereuses.

Chaque fois que j'entre dans l'une des salles où les porcs deviennent plus gros, plus craintifs, plus sujets aux abcès de leurs pattes sans muscles, chaque fois que j'entre derrière l'un des porchers dans une salle où ils sont parqués, filles d'un côté du couloir, garçons de l'autre, car mâles et femelles ne mangeant pas à la même vitesse engraissent séparément pour optimiser leur prise de poids, chaque fois qu'ils nous voient entrer, qu'ils pèsent plus de cent kilos ou soient encore de petites choses roses émouvantes, chaque fois que la porte s'ouvre, deux cents condamnés se figent en apercevant les humains vêtus de leurs sombres uniformes. Frémissements, gémissements, disputes, fouillage du sol, tout s'arrête aussitôt. Même leur respiration semble se suspendre. Les condamnés se figent en un effroyable arrêt sur image. Le seul mouvement minuscule, paniqué, est le clignement de centaines de paupières sur leurs petits yeux noirs, comme si leur terreur se concentrait dans leurs battements de cils. Comme si une voix obscure avait crié :

« Garde-à-vous ! »

Même nous, les humains, nous figeons sur place, en arrêt devant la porte, obéissant à l'ordre comme si nous entendions la voix, cela dure quelques secondes, jusqu'à ce que l'un de nous parle avec un enthousiasme exagéré, Jean-François, dit JF, le responsable de l'engraissement m'expliquant soudain les tarifs à la tonne facturés à l'abattoir, à moins qu'il ne me rappelle que *son* élevage, bien qu'il n'en soit qu'un simple salarié, *son* élevage respecte les normes européennes de bien-être animal, ou alors c'est moi, moi qui pose une question avec une mimique d'intérêt excessive, grimaçante, comme lorsqu'on demande sa route dans un pays étranger, un pays pauvre, un pays en guerre, un pays où il se passe des choses effrayantes, surtout montrer ses bonnes intentions, faire comme si on ne voyait rien, et donc JF, combien de temps ça te prend, l'inspection matinale ? Tu as une vingtaine de salles à inspecter, ça doit faire quatre mille bêtes, rien que dans ce bâtiment ? JF s'empresse de me répondre sur le même ton, comme si nous voulions chasser la chose effroyable, comme si nos paroles, toute parole n'était jamais qu'un moyen de repousser loin de soi les images qui se répètent, qu'elles retournent à l'obscurité de la mémoire, l'obscurité des cauchemars, l'obscurité d'où elles surgissent, aussi loin de nous que possible – du côté de ceux qui ne peuvent pas parler. Nous parlons, oh oui, nous parlons, JF et moi, pour faire reculer la chose effroyable, pour nous prouver que nous sommes ici et maintenant, en France, au vingt et unième siècle, que nous ne sommes pas des vagues d'éternité imaginaires, en train de se briser aux quatre points cardinaux. JF me montre du doigt un mort, au fond de l'enclos, il ne bouge plus, celui-là, arrêt cardiaque, ça arrive souvent, dit-il, le cœur des porcs ressemble au nôtre, émotif, fragile, s'emballant pour un rien. (Note sur l'instruction 18 : Mon cœur ressemble au tien. Ton cœur ressemble au mien.) JF dit qu'il faut appeler le chef d'élevage, les porcs dans ce couloir sont en fin de parcours, ils pèsent plus de cent kilos, il va falloir soulever le corps avec un treuil pour l'amener dans la pièce réfrigérée qui sert de morgue, en attendant l'arrivée des services d'équarrissage. Un autre jour, un jour où personne n'est mort, JF me prévient que la pause de midi sera brève, pas plus d'une demi-heure, il doit partir tôt ce soir, il a un entraînement, il est pompier volontaire.

Les paroles produisent leur effet, l'arrêt sur image prend fin, nous nous sentons de nouveau autorisés à bouger, les condamnés se remettent à gémir, à trembler, à fouailler le caillebotis en vain, JF fait un pas en avant. Comme si la voix obscure avait crié :

« Repos. »

Ce n'est pas quelque chose qui arrive rarement, ce n'est pas quelque chose qui arrive de temps en temps. Chaque fois qu'un humain fait son apparition, chaque fois qu'une porte s'ouvre, les condamnés se mettent au garde-à-vous. Il y a des choses qui ne se disent pas à l'intérieur de la structure, des mots que les porchers ne prononcent pas, un mélange d'interdit et d'autoprotection. On ne dit pas que les truies sont envoyées à l'abattoir, mais qu'elles partent à la réforme. Quant aux porcs, on dit qu'ils embarquent. D'une façon générale, le mot abattoir se prononce peu. La première fois que j'ai dit le mot devant Nicolas et JF, je me suis fait l'effet de manquer de politesse au point d'être cruelle. Nous finissions de déjeuner : « Je voudrais voir l'abattoir. Vous pourriez m'aider ? » (Le directeur de l'abattoir lui-même ne prononcera jamais le mot. Il dira : l'outil.) Je me fais souvent l'effet d'être brutale quand je pose des questions. « Combien de morts aujourd'hui ? » « Tu crois qu'il a souffert ? » « Ça arrive que tu t'attaches ? » C'est vrai que je suis brutale. Mais je suis entrée dans la structure pour ça. Pour raconter. Le pacte était clair, je n'étais pas journaliste, je ne ferais pas d'article, ne balancerais pas de photos, ne trahirais personne. Mais. J'emploierais le langage des rêves contre celui de la gestion. J'appellerais les images, j'invoquerais les couleurs. Je relierais ce que le langage technique interdit de relier, j'associerais ce qu'il défend d'associer, je rappellerais ce qu'il veut oublier – car je suis du côté de la magie contre la structure de production. C'est pour ça que les porchers m'ont aidée, parce qu'ils étaient du même côté que moi. Je peux donc braver certains interdits sans trop de risque, parler d'abattoir au déjeuner, demander comment fonctionne le Matador, si Nicolas l'a déjà utilisé (oui) et ce que ça lui a fait (des cauchemars, des cauchemars durant des semaines). Je peux franchir beaucoup d'interdits parce que je suis le conteur de la tribu (six porchers et une intruse, c'est une équipe mal assortie, six porchers, une intruse et quinze mille condamnés, c'est une chose vieille comme une tribu). Mais. Pas parler du garde-à-vous. Pas parler. Le garde-à-vous n'est pas un simple interdit. C'est un tabou. Un vrai. Une gerbe de couleurs jaillissant de l'obscurité – quiconque rompt le silence sera puni et emporté. Ne parle pas, dit la narratrice sans visage. Écris. Écrire est fait pour ça.

Pour dire les choses effroyables qui ne peuvent ni ne doivent être dites à haute voix.

L'éternel retour est le tabou. La danse des images, les scènes qui se répètent sans qu'on puisse les arrêter. Garde-à-vous, repos, garde-à-vous, repos, cœur noir inlassable, une fois qu'on l'a vu palpiter, c'est simple, on ne voit plus que ça. La façon dont Jérôme, le directeur, ouvrait les portes pour les refermer aussitôt lors de ma première visite. « Quand on en a vu un, on en a vu cent. » Comme s'il craignait, en ne refermant pas la porte assez vite, de voir soudain ce qu'il voyait vraiment. Autre scène, un matin où j'aide Nicolas et Steve, le chef d'élevage, à déplacer les truies inséminées du bâtiment naissage au bâtiment maternité où elles doivent mettre bas. Il y a un passage à l'air libre, une dizaine de mètres entre les deux bâtiments. Les truies les plus âgées suivent le mouvement au trot, mais Coré et une autre cochette s'arrêtent net au moment où un nuage se troue pour laisser passer un soleil de midi, un soleil éclatant qui dessine au sol une ligne de démarcation entre l'ombre et la lumière, vers laquelle soudain elles n'osent pas avancer. Comme des enfants n'osant pas sortir de l'ombre. Comme les enfants de cette femme, Elizabeth Fritzl, une Autrichienne séquestrée vingt-quatre ans par son père dans une cave – dont les enfants n'avaient jamais vu la lumière du jour. Ce fait divers a éclaté au moment où je commençais l'enquête. Il me semble voir ces enfants effrayés par la lumière, émergeant du sous-sol où ils ont toujours vécu. N'est-ce pas ce qu'elles sont – des jeunes filles séquestrées, engrossées malgré elles, à jamais effrayées par le jour ? Coré me regarde, quelque chose passe entre nous, quelque chose de l'ordre de l'apprivoisement mutuel – l'air de dire, je suis moi tu sais, pas une jeune fille humaine, juste moi. Les enfants d'Elizabeth Fritzl ont été libérés de nuit pour que la lumière du jour ne les éblouisse pas, ne les aveugle pas, ne les traumatise pas. C'était une nuit de pleine lune. La montrant du doigt à un policier, l'un des petits aurait demandé : Dis, est-ce que c'est Dieu ? Une petite truie de rien du tout qui s'apprête à mettre bas et qui bientôt sera morte.

Une fois que les images commencent à se superposer, on est fichu, on voit la scène qui se répète derrière la scène qu'on voit. La chose effroyable ne cesse de se répéter. Garde-à-vous, repos, garde-à-vous, cœur noir inlassable de la réalité. Les porchers me racontent des rêves qu'ils font. Un soldat enfonce une porte. De pauvres gens à moitié nus s'enfuient en hurlant. Le soldat tire dans le tas. Et le soldat, c'est eux. Et les gens, ce sont les porcs. Les porchers en savent plus que quiconque sur l'éternel retour. Ce sont des initiés, comme tous ceux qui approchent de près la grande réalité de la majorité animale – et la minorité, la fragilité, l'improbabilité inouïe de la nature humaine. Mais contrairement aux chamanes menant une vie érémitique parmi les bêtes sauvages, contrairement aux saints errants d'autres siècles, les porchers sont initiés à leurs risques et périls dans des structures de production animale – c'est-à-dire en enfer. (Note sur l'instruction 19 : Moi à ta place, toi à la mienne, animaux jouant le rôle que les humains jouaient la fois précédente, ou celui qu'ils joueront la prochaine fois, si de telles scènes nous hantent, l'animal est mon prochain. Si l'animal est mon prochain, tôt ou tard surgiront de l'obscurité des images tendres et terribles, aspirant à se répéter.)

Je n'arrête pas de penser à ce cheval qui fit soudain dérailler Nietzsche dans une rue de Turin. Le grand homme voit la bête de somme palpitante de fatigue, martyrisée par un cocher. Il s'interpose en pleine rue, insultant le bourreau. Prenant le cheval dans ses bras, inondant son encolure de larmes, il se met à sangloter. Ensuite, Nietzsche perd la raison – il ne la recouvrera jamais, le génie mènera durant dix ans une vie de malade mental, s'éteignant sans avoir repris conscience de son identité. La question si souvent posée par les spécialistes de Nietzsche, qu'ils soient philosophes ou psys, la question officielle est la suivante : À quel moment le grand homme devient fou ? L'était-il déjà avant ? Qu'est cette folie au juste ? (Sous-entendu, cette folie est-elle déjà là, rampante dans ses dernières œuvres, les remet-elle en question ?) Ces questions ont plus ou moins trouvé leur réponse, d'origine célebrale, la démence de Nietzsche serait un effet de la syphilis contractée des années plus tôt. Mais il reste une question impossible, une question que personne ne pose : Qui est le cheval ? C'est une question rouge comme la magie sympathique, comme les scènes qui se superposent où reste une trace de sang, une question à double tranchant. Qui est le cheval ? Soit c'est un animal – une carne, une bête de somme. Soit c'est un animal – un maître apparu sous une forme non humaine, tel le reflet incarné d'une identité secrète, au maître de l'éternel retour. Je ne suis pas sûre que ces deux possibilités s'excluent l'une l'autre, je suis même certaine qu'elles ne sont qu'une vérité, insaisissable, lumineuse et obscure, éblouissante et misérable. Au moment où la carne aux flancs écorchés apparaît, d'abord en contre-jour, telle une grande silhouette sombre au bout de la ruelle, révélant soudain ses couleurs, l'éclat de ses yeux, les zébrures sur ses flancs, Nietzsche connaît le destin des chercheurs horrifiés. Comme ces disciples du Bouddha, les plus brillants, dit-on, de leur époque lointaine, les plus doués, les plus savants, oh cette intelligence étincelante, ces esprits sans pareils ! Ceux-là mêmes dont les cheveux, paraît-il, se dressèrent sur la tête lorsque le Bouddha leur dévoila la cause secrète de la souffrance, et qui en moururent d'épouvante – peut-être parce qu'ils en mesuraient la profondeur et qu'il y a des choses, profondes comme l'œil d'une pauvre bête, que nul ne peut mesurer.

Voilà le genre de choses auxquelles je pense alors qu'il ne me reste plus qu'un aller-retour à faire en Bretagne pour me rendre enfin à l'intérieur d'un abattoir, ensuite l'enquête sera terminée, ensuite je n'aurai plus qu'à écrire, je redoute ce moment plus que l'abattoir, comme si l'écriture était une force tellurique, une vague de neuf mètres, une gerbe de flammes, quelque chose qui gronde et qui demande son dû, j'aimerais que l'enquête dure encore dix ans, comme ces reporters de guerre qui ne veulent pas rentrer, parce que la plus grande crainte quand un cauchemar se termine, c'est qu'il soit impossible à raconter.

La seule personne à qui j'ose avouer ces pensées folles, c'est Sylvia, avec qui j'ai fini par me lier d'amitié parce qu'elle est la seule qui comprenne ce qui est en train de m'arriver. Ma colère contre *eux* – les humains. Mes crises de larmes soudaines, alors que je ne verse jamais une larme à l'intérieur de la structure, ces pleurs imprévisibles qui me secouent n'importe quand. Dans la queue du Monoprix parce qu'une petite vieille, avec un pot de Ricoré à la main, me demande si elle pourrait passer devant moi parce qu'elle a mal aux jambes et qu'elle a oublié sa canne. Oh madame, évidemment... je vous en prie... Truies boiteuses cherchant un regard de compréhension, d'amitié, une faveur minuscule qu'elles n'obtiendront jamais. La vieille me remercie chaleureusement, elle paye son Ricoré. Réformée. Quand vient mon tour, c'est à peine si je vois les chiffres pour composer mon code tellement je chiale. Je m'enfuis en évitant les regards gênés de la caissière et des autres clients. Une autre fois, voyant des jeunes courir dans le métro, ils n'ont même pas trente ans, ils sont trois, déjà en costume cravate, sentant l'after-shave et la bonne volonté, dévalant l'escalier, faisant voleter le bas de leurs vestes, vite, vite, courant sur le quai. Voilà. Ils l'ont attrapé, leur métro. Maintenant, il les emporte. Je me mets à sangloter comme une idiote sur le quai, quelques personnes détournent les yeux. Mais la plupart ne me voient même pas, les yeux rivés sur leurs téléphones, occupés à répondre à des messages urgents – *eux*, les humains.

Sylvia comprend très bien ce genre de choses. Les images qui se superposent, les émotions retenues qui éclatent n'importe quand, comme si tout revenait au moment où on s'y attend le moins. Quiconque entre dans la structure sait que les revenants existent, tout finit toujours par revenir, tout. Mais pas au moment où on le voudrait, plutôt à celui où on le voudrait le moins. C'est pour ça qu'on a peur des spectres, pas parce qu'ils reviennent, mais parce qu'on ne sait jamais quand. Quand elle a dû renoncer à élever des brebis parce qu'elle s'était séparée de son associée, Sylvia a travaillé un an à l'intérieur d'une structure de production – c'est là qu'elle a vu, dit-elle. C'est là qu'elle a décidé de combattre la structure, à sa façon, en devenant chercheuse. Elle m'invite à passer le week-end chez elle, elle vient de quitter Paris pour emménager dans le sud de la France. « J'ai une chambre d'amis. Tu vas l'inaugurer. » L'après-midi, nous prenons la voiture pour nous balader sur des plages désertes au mois de novembre. La chienne de Sylvia cavale devant nous – tellement heureuse qu'on dirait qu'elle est ivre. Il n'y a pas grand monde, la journée est froide et lumineuse. Je lui avoue ce sentiment que j'ai eu. Ce sentiment de voir des scènes se répéter. Comme si les porcs terrifiés étaient… comme si nous étions… Je m'embrouille un peu. Je ne suis pas sûre de croire en la réincarnation, mais j'avoue à Sylvia que dans les salles sans fenêtres, la pensée m'a traversée, elle m'a même traversée plusieurs fois. Si la réincarnation existait vraiment ? « Après tout, on ne sait pas ce qui se passe après la mort », dis-je d'une voix très basse, espérant que le vent couvrira mes paroles. Sylvia est une femme pragmatique, une chercheuse. Je m'attends à ce qu'elle s'arrête net sur la plage déserte et venteuse, les poings posés sur les hanches pour me dire quelque chose comme : « Ce qui se passe après la mort, ce n'est pas mon rayon. Moi, j'étudie la souffrance au travail, alors tes histoires de réincarnation, franchement... » Au fond, c'est pour ça que je lui fais cet aveu hésitant, pour qu'elle me rembarre, pour qu'elle contredise cette vision de criminels payant leurs fautes passées sous la forme de porcs. J'attends que Sylvia se fiche de moi et me rassure. Mais elle enfonce ses mains dans ses poches, surveillant la chienne qui nous précède de cinquante mètres sur la plage. « Moi aussi, à l'intérieur, j'avais l'impression de choses déjà vues, l'impression d'être dans un univers carcéral. Mais cette idée de réincarnation, je la trouve affreuse. C'est une façon de leur faire porter le chapeau. Alors qu'en vérité... ces porcelets, ces cochettes... tous ces animaux qu'on torture là-dedans... Ils sont innocents, voilà ce qu'on ne veut pas voir. Ils sont innocents. Pas nous. » On continue de marcher en silence tandis que la chienne fait des allers-retours, cavalant vers nous, repartant, cavalant vers nous, repartant. La veille, Sylvia et moi nous sommes raconté nos vies, comment nous en sommes venues à parler de la guerre, je n'en sais rien, toujours est-il que nous avons, elle et moi, un point commun, il y a dans nos deux familles des rescapés de camps de prisonniers. Pourtant, nous étions d'accord, elle et moi, vigoureusement d'accord, sur un point. Comparer les structures de production animale aux camps du vingtième siècle est une erreur, une erreur empêchant de voir ce qui se passe aujourd'hui, l'innovation de ce siècle, consistant à mettre délibérément au monde des millions de condamnés, à l'intérieur d'un autre monde dont ils ne sortiront jamais. Les priver de leur nature, de leur vie, de leur identité, les défigurer d'une défiguration totale, pour enfin les mettre à mort au terme de ce qui n'est jamais considéré comme une vie, cet acte de magie noire, sobrement résumé en un verbe – produire. La guerre, l'emprisonnement, ne suffisent pas à dire cette réalité – produire – tout ramener à notre désastre humain ne suffit pas, comme si nous effacions le reste du monde, comme si nous voulions l'effacer à tout prix, au lieu d'élargir notre champ de vision. Au lieu d'envisager ce qui arrive à contre-jour – ce n'est pas un grand cheval maigre dans une ruelle, heureusement pour Sylvia et pour moi, juste une petite chienne qui galope, galope comme si elle avait le soleil à ses trousses pour revenir vers nous. Se mettant à gratter frénétiquement le sable comme pour trouver un trésor, tournant de temps en temps la tête vers nous. *Hey, vous savez quoi ? Moi aussi, moi aussi, je cherche le trésor enfoui !*

Dans un texte très bref intitulé *La Trame*, Jorge Luis Borges raconte la mort de César, acculé par les poignards, reconnaissant soudain le visage de son fils parmi les assassins. Puis il relate l'agression mortelle d'un gaucho dans la région de Buenos Aires. Juste avant de rendre l'âme, le gaucho reconnaît son filleul et murmure dans un souffle : « *Ça, alors !* » Et Borges de conclure : *Ils le tuent, et il ne sait pas qu'il meurt pour qu'une scène se répète.*

Peut-être que les porcs qui hurlent dans le bâtiment engraissement – en ce moment même, il y en a forcément qui hurlent – sont des criminels de guerre réincarnés. Peut-être que ce sont des fauves réincarnés. Peut-être que ce sont des gens bien réincarnés, des mères de famille réincarnées, des orphelins réincarnés. Peut-être qu'ils naissent pour la première fois, peut-être qu'ils naissent pour la dernière fois. Qu'est-ce que j'en sais, moi ? Comment l'intruse démêlerait les fils d'une vérité cosmique ? (Ce proverbe que me répétait ma grand-mère, *I fili della verità son arruffati come i lunghi capiddi di Tiziana*, les fils de la vérité sont emmêlés comme les longs cheveux de Tiziana.) L'intruse qui cherche à tâtons ses dragées de Cardiocalm dans la cuisine, s'efforçant de faire le moins de bruit possible pour ne pas réveiller Sylvia, mais j'ai réveillé la chienne qui me regarde d'un air joyeux, s'imaginant peut-être qu'on va jouer à un jeu marrant ou aller courir sur la plage à trois heures du matin. On voudrait que ça ait un sens. Que la douleur serve à punir la douleur. Que la terreur serve à punir la terreur. Que toute cette souffrance ait un sens – mais peut-être qu'elle n'en a pas. On voudrait qu'il y ait une justice – mais peut-être qu'il n'y en a pas. Peut-être que le sens est trop vaste pour nous, peut-être que la justice a l'éternité devant elle, infaillible comme le milieu de la nuit, comme une mémoire qui se souvient de tout.

Sylvia s'autorise une grasse matinée le dimanche, elle m'a chargée de promener Lila si la chienne s'impatientait. Je lui passe donc son collier et nous sortons nous balader dans le bois qui se trouve juste derrière la maison – Sylvia préfère habiter à une heure de son travail, plutôt que d'être loin des arbres. Je n'ose pas enlever sa laisse à Lila, parce qu'elle aboie comme une bête féroce chaque fois que nous croisons des gars du quartier promenant des molosses trois fois plus gros qu'elle – alors que c'est une petite bâtarde de rien du tout. Petite bâtarde courageuse dont l'œil noir plein de gravité me rappelle brièvement celui de sa maîtresse, en guerre contre les structures de production.

Une fois c'est l'homme qui joue le rôle de la bête, une fois l'animal qui parle comme un sage, une fois le dieu qui se transforme en cygne. La mythologie raconte beaucoup d'histoires de ce genre – mais le mystère caché derrière ces métamorphoses et ces personnages qui changent de place, c'est Coré 9887, ce sont les rêves récurrents des porchers qui me l'ont fait frôler, comme on frôle soudain l'espace immense au bord d'un précipice. Ce sont eux qui m'ont appris que ce mystère existe, qu'il existe pour de bon. Que ce n'est pas parce qu'on ne peut pas dire ce que c'est, qu'il n'existe pas. (Note sur l'instruction 20 : Au contraire.)

Je crois que les animaux participent à une danse éternelle – une danse dont nous ne savons rien, si ce n'est que certaines images, certaines séquences, voyagent dans l'obscurité, empruntant des passages inconnus, circulant d'une mémoire à l'autre, d'un rêve à l'autre, pour resurgir brusquement sous une autre forme. Comme si un public en transe ne cessait de battre des mains et que les acteurs, obéissants, aimantés, esclaves de la joie de ce pareterre de divinités, à peine disparus dans le noir des coulisses, ne pouvaient qu'échanger leurs rôles pour enrichir la scène de variantes involontaires. (Note sur l'instruction 21 : Dans les religions anciennes, ces divinités que nous devons divertir portent des masques d'animaux.)

Je crois que les animaux ont une âme. Je m'en rends compte dans le train qui me ramène à Paris, repensant à ce week-end passé avec Sylvia et Lila, je découvre cette croyance en moi, ou plutôt cette certitude, comme si je découvrais un bijou minuscule dans la paume de ma main. Les animaux ont une âme. Ce n'est pas quelque chose que j'ai lu dans un livre, je l'ai vu de mes yeux dans les yeux des condamnés. Alors c'est ça, je suis animiste ? Je suis presque émerveillée de le découvrir, comme si je reconnaissais enfin ma religion, ou plutôt la nature religieuse, reliante, de ce que j'ai pu vivre à l'intérieur de la structure. Je suis animiste à cause de ces échanges de regards qui ont transformé mon identité (au lieu de mon identité, j'ai failli écrire ma vision du monde, ce terme pompeux, bien pratique pour se cacher, mais c'est moi qui suis transformée). Coré 9887 et quelques autres ont eu ce pouvoir-là. Quelques autres non-humains, qui sont pourtant mes proches, m'ont fait voir ce que je ne voyais pas. Je crois que tous ceux qui font ce genre d'expérience sont reliés, peu importe leur religion, leur âge, leur origine, ils se comprennent, ils forment une communauté – une communauté qui n'est pas seulement humaine.

Les animaux ont une âme, sinon mon âme n'aurait pas de sens.

Les animaux ont une âme. À plus forte raison sont-ils doués d'intelligence, une intelligence dont nous savons très peu de chose.

Les porchers savent tout ça. Les porchers contemplent ces secrets tous les jours, quand ils n'en rêvent pas la nuit.

La plupart des porchers sont engagés dans des actions de volontariat. JF est sapeur-pompier. Nicolas est élu au conseil municipal de son village. Steve est bénévole au Secours populaire. Je me demande où ils trouvent le temps, mais ils le trouvent. Ils le prennent sur leur week-end. Sur leurs vacances. Sur leurs soirées quand ils en ont la force – à la fin de leurs journées qui ne commencent jamais après six heures du matin. Ceux qui ne prennent pas ce temps, ceux-là ne vont pas bien. D'après JF, ils deviennent « un peu fous ». Nicolas me raconte l'histoire d'un gars que je ne rencontrerai pas parce qu'il est en arrêt maladie, ça dure depuis un an, il revient travailler, il tient trois semaines et puis il repart avec un nouvel arrêt de quinze jours. Il paraît que le patron est furieux. Nicolas dit que son collègue a commencé par prendre des truies en photo, il s'attachait à elles, alors il les photographiait. Il paraît qu'il mettait leur portrait en fond d'écran sur son ordinateur perso. Pour se souvenir d'elles après qu'elles étaient parties à la réforme. Quand il a accumulé une centaine de photos, les arrêts maladie ont commencé. « C'est ce qui arrive quand on s'attache trop », dit JF.

Il arrive que ce soit le contraire, qu'un gars commence à éprouver pour les porcs une exaspération perpétuelle au point de leur vouer une sorte de haine. Au point de les battre pour un oui, pour un non, comme on bat une créature idiote, maladroite, une créature qui tremble et n'arrête pas de déconner, comme on la bat pour oublier qu'elle est comme ça par votre faute. Nicolas m'avoue que ça lui est arrivé de perdre son sang-froid, avec une cochette qui refusait de bouger, ses hurlements épouvantaient les autres, il avait pris du retard, il était sous pression, alors il l'a frappée avec le manche de la pelle avec laquelle il nettoie le lisier. « Ça me fait mal rien que d'y penser. » Le problème, ce sont les gars qui y prennent goût. Des gars toujours en colère, toujours à cran, déversant sur les animaux leur rancœur en ébullition – eux non plus ne tiennent pas longtemps. À force de se défouler sur les bêtes, ils s'embrouillent avec les collègues, ça les rend encore plus enragés, ce genre de types finissent par avoir des accidents – tellement en colère qu'ils ne font plus attention, ils se cognent, se tordent la cheville, se blessent une main ou se cassent le dos à force de brandir des objets contondants au-dessus de la tête des animaux. Le plus souvent, c'est le dos. Il y a un premier arrêt pour sciatique ou pour foulure, ensuite ça s'enchaîne pour des raisons qu'ils cessent d'avouer et qui ne sont pas indiquées sur le volet 2 de la feuille de Sécu, mais dont les autres se doutent. Ils craquent. Ils deviennent « un peu fous ». Comme les condamnés qui passent leur journée à hurler, tentant en vain de mordre les autres avec leurs dents limées.

Et puis il y a ceux qui résistent. Se battant pour conserver, préserver, sauver – cette faculté de se mettre à la place de l'autre. Les porchers pratiquent la magie sympathique par tous les moyens, même s'ils n'emploient pas le mot magie, préférant parler d'engagement, de bénévolat, de volontariat. Comme si un instinct leur ordonnait de préserver ça coûte que coûte – alors même que sa pratique à l'intérieur de la structure est interdite. Peut-être que c'est la meilleure définition d'une structure, finalement. Avant même d'être un lieu consacré au rendement, une structure de production est un lieu où la magie sympathique est interdite. Les actionnaires des coopératives, les directeurs, tous ceux qui font partie de l'encadrement répètent aux porchers qu'il ne faut pas s'attacher aux animaux. Mieux vaut les considérer comme des machines, on le leur dit à peine ils entrent, dès qu'ils enfilent leur combinaison de travail. Voyez *ça* comme des boîtes noires à l'intérieur desquelles sont fabriquées des protéines. Voyez *ça* comme de la matière – ici, on produit *du* porc. La structure est bâtie sur cette vision de machines animales, le nombre de bâtiments, le calendrier des transferts sont calculés d'après la durée de gestation des truies, d'après le nombre de mise-bas, d'après la durée d'engraissement, c'est un calcul implacable, comme des variables qu'il suffirait d'entrer dans une imprimante 3D pour qu'apparaisse une porcherie. Mais sous cette apparence rationnelle, la structure tout entière s'érige sur une condition occulte : Ne pas se mettre à la place des condamnés – jamais. C'est ça que ça veut dire, considère-les comme des machines. *Tu ne te mettras pas à la place de l'animal. Tu ne pratiqueras pas la magie sympathique une fois entré.* C'est mieux pour la productivité, c'est mieux pour ton équilibre – c'est pour le rendement mais aussi pour ton bien, voilà ce que les actionnaires des structures disent aux porchers. Le rendement et ton bien ne font qu'un, appelons ça bien-être, tiens.

Il y a aussi cet argument que tous entendent au moins une fois, soit c'est le patron qui leur donne, en général quand ils commencent, comme on donne un coup à une bête qui renâcle pour la faire démarrer, soit c'est durant une formation (il y a des formations à la mise à mort, pudiquement appelées formations à l'euthanasie). Si tu ne le fais pas *quelqu'un d'autre* le fera. Si tu ne le fais pas – abattre les condamnés trop vieux, trop lents, incapables de suivre le rythme, ceux qui claudiqueront lamentablement jusqu'au camion et que les gars de l'abattoir refuseront de prendre, à moins qu'à l'arrivée, on ne leur applique des pénalités qui diminueront tellement le rendement de leur carcasse qu'elle ne vaudra même plus le mal qu'on s'est donné – *quelqu'un d'autre* s'en chargera. Si tu ne le fais pas – saisir d'une main les porcelets trop maigres, trop blancs, ceux que leurs frères eux-mêmes écartent des mamelles comme s'ils les condamnaient, saisir d'une main la petite chose tremblante et prendre son élan pour la taper contre un mur, comme un linge sale dégouttant de sang – *quelqu'un d'autre* le fera. Même si tu refuses de faire le sale boulot, tout ça pour rester dans ta zone de confort, ça ne servira à rien. Ça ne sauvera personne, puisque *quelqu'un d'autre* est là, embusqué dans l'ombre, prêt à faire le travail. *Quelqu'un d'autre.* Ce double fantomatique qui vous suit à la trace à l'intérieur de la structure, toujours prêt à vous décharger de vos fautes. *Quelqu'un d'autre* aurait pu se mettre à votre place mais au final, le sale boulot, c'est vous qui l'avez fait. (Qui a inséminé Coré 9887 ? Qui a mis au monde une portée de damnés ?)

Le deal jamais formulé, le pacte occulte et trompeur qui lie les porchers à la structure est le suivant : Fais ce que tu veux à l'extérieur, on s'en branle. Mais à l'intérieur, reste à ta place – ne te mets à celle de personne. Tu ne pratiqueras pas la magie sympathique à l'intérieur, tel est le commandement, la fameuse distinction entre vie pro et vie perso, comme si on pouvait laisser des parties de soi-même au vestiaire, avec les vêtements bien pliés qu'on retrouvera à la sortie. Sauf que ça ne fonctionne pas comme ça. Pas du tout.

On ne négocie pas avec la magie.

À force de la bloquer à l'intérieur, à force de s'interdire de la pratiquer sur les bêtes, elle finit par rester bloquée à l'extérieur aussi. Avec sa propre famille. Avec ses enfants. Avec ceux qu'on aime le plus. JF me raconte qu'au bout de six mois, il a senti qu'il changeait – devenant plus distant avec sa copine, avec ses potes, même avec ses parents. Plus distant. Plus dur. Nicolas croit qu'une partie de cette mise à distance est due au boulot lui-même, il y a des choses qu'on n'a pas envie de raconter à ses gosses. (Porc gémissant, pédalant, pédalant, une tige perforante entre les yeux.) On voudrait en parler à sa femme, mais l'occasion ne se présente pas. On finit par renoncer. Et puis, un soir – les prises de conscience ont souvent lieu le soir, dans la journée, il n'y a pas le temps – un soir, votre femme, votre copine, votre père, votre petit frère, quelqu'un que vous aimez vous apprend une mauvaise nouvelle. Marina, ma collègue, elle a un cancer. La chienne est morte. Les autres gars de la classe n'arrêtent pas de me taper dessus. Vous écoutez, vous hochez la tête. Vous prenez l'air navré. Mais au fond, vous ne ressentez rien. Vous pourriez mettre cette indifférence sur le compte de la fatigue, mais cela se répète, comme une série de signes dont vous seul connaissez le sens, indiquant que quelque chose change. Une chose qui n'est pas liée à la structure mais à vous – en vous. Ce n'est pas vraiment une prise de conscience, ce n'est pas quelque chose d'analysable, personne ne sait au juste ce qui est en train de changer, comment la structure de production nous transforme à son image, personne ne le sait. Plutôt un instinct. Ceux qui lui obéissent ne se posent pas de questions – pompier volontaire, élu municipal, bénévole, ils font quelque chose pour que leur âme remue, circule, s'anime de nouveau.

Comme si la magie sympathique était le mouvement du mouvement, l'âme de l'âme, la condition de la condition de la vie. Si on ne se met à la place de personne, quelque chose se fige. La vie cesse de circuler, comme en un membre ligoté où le sang cesse de tourner, un membre finissant par se nécroser, sans que celui qui subit cette mutilation puisse exprimer ce qu'il lui arrive, ni réclamer ce qu'on lui a volé. Seulement tout semble vide, tout semble faux, et sur le volet 1 de la feuille de Sécu, le médecin inscrit dépression, épuisement, burn-out.

Est-ce que c'est ça que les animaux nous apprennent ? Que l'âme est faite pour circuler ? Qu'elle est faite pour franchir des distances infranchissables ? Que nous la tuons quand nous la gardons immobile, que c'est la définition même de l'enfer ?

Est-ce que les animaux sont nos maîtres en magie sympathique ? Est-ce que Coré 9887 est mon maître ?

Sylvia me raconte l'histoire du directeur d'une coopérative qui a adopté plusieurs enfants handicapés. Elle me cite une autre histoire du même genre concernant un actionnaire et conclut, féroce : « Ce qu'on prend d'une main, on le redonne de l'autre. » Sylvia déteste les maîtres des structures comme s'ils étaient ses antiques ennemis. Mais je commence à croire que la structure de production n'est pas seulement un lieu. C'est une chose vivante qui poursuit sa logique – tout comme la magie sympathique est une chose vivante, poursuivant une logique opposée. Des esprits adverses s'affrontent à l'intérieur de la structure et je crois que ce sont les mêmes qui s'affrontent en nous. Même si nous ne les voyons pas, des forces sont à l'œuvre qui nous possèdent et nous déchirent. Les porchers qui résistent ont quelque chose d'héroïque, je ne trouve pas d'autre mot. Ce qu'on leur interdit de donner aux animaux, ils le donnent ailleurs, ils le donnent à d'autres, pourvu qu'ils continuent à le donner. Parfois cet autre n'est rien qu'eux-mêmes, la partie la plus blessée d'eux-mêmes. Une ancienne salariée me racontera les séances de thérapie suivies à l'aube, avant de commencer sa journée, les kilomètres faits en voiture parce que forcément le psy exerçait en ville – toute cette fatigue en valait la peine, elle suivait son âme. Elle a fini par se reconvertir dans le social.

Il y a ceux qui partent. Il y a ceux qui, comme Nicolas, résistent de l'intérieur, se levant à cinq heures, se garant les premiers sur le parking désert, passant le sas des douches, laissant ruisseler l'eau sur leur corps fourbu, enfilant leur combinaison, tout ça pour prendre le temps de consoler les bêtes – car s'ils ne le font pas, personne ne le fera.

Chaque fois que je me souviens de l'abattoir, je me souviens du blanc. Je revêts une combinaison blanche avec une capuche blanche et je suis une fille qui doit avoir dix ans de moins que moi, la trentaine à tout casser, dans un immense hangar aux murs et au sol blancs. La fille qui me guide fait partie du service qualité, elle me recommande juste avant qu'on descende – ici aussi, on dit descendre, même si je ne me souviens pas d'avoir physiquement descendu un escalier, mais peut-être y avait-il un ascenseur – elle me recommande de garder mon pull-over sous ma combinaison. Je me souviens d'avoir pensé : À l'intérieur de la structure, il fait chaud et la combinaison est bleu marine, à l'intérieur de l'abattoir, il fait froid et la combinaison est blanche. Je me souviens de la chaîne de découpe primaire et de la chaîne de découpe secondaire. Je me souviens de ces mots, découpe primaire, découpe secondaire. Je me souviens d'un premier hangar vaste comme une aérogare où le saigneur égorge des bêtes théoriquement inconscientes, assommées par une décharge électrique, dévalant une sorte de toboggan géant. Le saigneur. Je me souviens de ce mot que je trouve noble malgré moi, noble et cruel comme un chevalier blanc, revêtu d'une cotte de mailles. Les employés qui travaillent à la chaîne de découpe portent des tabliers en cotte de mailles, pour ne pas se blesser avec les longs couteaux qu'ils manipulent à toute allure. Je n'aurais jamais cru que les cottes de mailles existaient encore, je n'aurais jamais cru voir de ma vie des hommes en porter. Je demande à la fille du service qualité combien de porcs le saigneur égorge à l'heure. Six cents, répond-elle du tac au tac, avec une sorte de soulagement, comme si j'avais posé une question sensée, le genre de question que les visiteurs lui posent d'habitude, comme si j'étais plus inoffensive que prévu, finalement. Je l'ai rencontrée vingt minutes plus tôt, dans le bureau du patron de l'abattoir qui a tenu à me recevoir en personne, toujours pour la même raison, vérifier ma motivation, vérifier que je ne suis ni une activiste ni une journaliste. L'intruse a rassuré le directeur inquiet comme elle seule sait le faire, je veux écrire un roman, a-t-elle dit de sa voix douce, il n'y aura ni lieux ni noms. L'intruse est convaincante, peut-être parce qu'elle dit toujours la vérité, comme si elle souffrait d'une forme de loyauté pathologique envers tous ceux qui sont censés lui délivrer des laissez-passer. Après ce rapide rituel de passage, le patron appelle la fille du service qualité. Elle ressemble à une fille qui était avec moi à Florent, une fille aux lèvres pulpeuses et aux joues roses dont j'ai oublié le nom. Ce sera une visite journaliste ? dit la fille. Le patron la fusille du regard. Pauvre idiote, disent ses yeux, tu as besoin de dire des choses pareilles devant *elle* ? La fille rougit jusqu'à la racine de ses cheveux châtain clair. Bonne visite, dit le patron. Je me souviens qu'à un endroit, le sol est jonché de sang et de petits morceaux de chair. Attention de ne pas glisser, dit la fille du service qualité. Je me souviens que je dois me retenir pour ne pas rire – ce genre de rire fou qui éclate aux enterrements ou dans la chambre d'un malade.

C'est une de seules émotions que je ressens ce jour-là. C'est pour ça que je m'en souviens. Cette envie de rire, quand la fille du service qualité me prévient de ne pas glisser dans le sang et les abats.

Il n'est pas possible de s'approcher du saigneur, on ne peut observer son geste qu'à travers une vitre qui le protège et le distingue des autres employés, telle une créature royale, le bourreau mythique d'une cité interdite. Comme un prolongement brillant de son bras, cette lame qui remue, remue, remue à toute allure. *Slash Slash Slash.* La voici, la vérité, le voici, le secret de notre vitesse et de notre efficience, ici, juste derrière cette vitre. *Slash.* Encore un autre corps marqué d'un collier rouge, poursuivant sa course sur le toboggan. Je ne sais pas ce que je ressens. Six cents égorgements à l'heure. Dix colliers rouges à la minute. J'ai l'impression d'avoir vu ça des milliers de fois alors que c'est la première fois que je le vois.

L'impression que tout ça n'est pas réel, aussi, que c'est une sorte de rêve blanc.

La fille du service qualité me sourit, en confiance, à présent. Je n'ai pas éclaté en sanglots ni fait de remarque désagréable – pas même un commentaire sur la visite journaliste. Ma bonne conduite la rassure, cette visite guidée ne va pas ressembler à un supplice, je ne vais pas faire de scandale, elle ne risque pas de perdre son job à cause de moi. Cécile. Voilà comment s'appelait la fille du cours Florent, celle qui lui ressemble. Cécile était une actrice extraordinaire mais le prof la détestait, je ne sais pas pourquoi (peut-être justement pour cette raison), il s'arrangeait toujours pour la faire éclater en sanglots sur scène.

Le rêve blanc se poursuit. Les corps des condamnés sont suspendus à une chaîne par les pattes arrière, comme de grandes chemises pâles dans une teinturerie. Je me souviens des cuves d'eau chaude dont ils ressortent privés de poils, des flammes chauffant les fours gigantesques où les dernières soies animales sont éliminées, les carcasses toujours plus blanches, d'une blancheur de cire, comme si la chaîne d'abattage mangeait les couleurs. Des fours de la taille d'une chambre d'enfant, on pourrait facilement y faire tenir un petit lit, voilà les choses idiotes que je pense, tandis que les grandes flammes orangées lèchent leurs parois métalliques. *Slash.*

Le rêve blanc se poursuit. Après l'éclat des flammes, je me souviens d'une passerelle plongée dans une pénombre relative, où les postes de travail sont éclairés par des néons. Des êtres humains en combinaison blanche, juchés à deux mètres du sol, y éventrent des corps. *Comme le lent déchirement d'un tissu. Slash.* La peur. C'est la deuxième émotion que je ressens ce jour-là. Une peur blanche, proche de la panique, venue de cette estrade où des acteurs masqués, portant des lunettes semblables à des masques de plongée et une capuche, plongent leurs mains gantées à l'intérieur des corps que les robots fendeurs-découpeurs viennent d'éventrer. Leurs bras métalliques, munis de tronçonneuses, semblent fonctionner à la même cadence lente, implacable, que les mains humaines, fouillant les ventres ouverts. *Slash.* Impossible de voir les visages derrière ces masques, impossible de savoir si ce sont des hommes ou des femmes. La peur qu'ils se tournent vers moi, comme dans un cauchemar où une image que vous n'auriez jamais dû voir perçoit votre présence – la peur qu'ils enlèvent leur masque et qu'il y ait, derrière, un visage aux joues fendues, une plaque de métal vissée sur le crâne, comme si à force d'être entourés de lames, ils avaient fini par se transformer. La peur que les slashers se tournent vers moi, la peur qu'ils me voient. Un seul de leurs regards suffirait pour que le rêve blanc me dévore. M'incorpore. Me transforme à son image. Peut-être que c'est déjà le cas. Ils séparent les abats blancs des abats rouges, dit Cécile. À nouveau ce fou rire qui ressemble à une envie de vomir. Pensant pour me rassurer, ce sont des êtres humains comme toi. Debout sur cette estrade, comme montés sur des échasses. Des êtres humains comme moi. Mais cette pensée ne chasse pas la peur, au contraire. Exactement comme moi. *Slash.* Mes yeux fixent le sol, carreaux blancs tachés de sang et de viscères, c'est le nom de ce qui se fait à cet endroit de la chaîne, l'éviscération. Je suppose que chaque soir, des gars doivent tout nettoyer, je n'ose pas relever la tête, de peur qu'un slasher se détourne une seconde et ne croise mon regard. De peur de me retrouver sur cette estrade, un masque sur le visage ou suspendue la tête en bas. À côté de moi, Cécile attend visiblement que je lui pose une question. Je fais un effort surhumain pour lui dire : Continuons. Je ne me souviens plus si je lui demande la différence entre les abats blancs et les abats rouges, sans doute que oui parce qu'il me semble que c'est ce qu'elle attend de moi, c'est la réplique que je suis censée donner à ce moment-là, mais j'ai oublié sa réponse. (Je crois qu'elle me parle de sous-produits animaux, des choses que les humains pourraient très bien manger mais qu'ils boudent pour des raisons culturelles, et qui sont transformées en friandises pour chiens, comme les poumons, le groin ou les oreilles.)

Le rêve blanc se poursuit. La chaîne de découpe secondaire ressemble plus à une usine normale, les slashers aux masques miroitants ont laissé place à des hommes et des femmes en charlotte blanche, mettant des lardons sous cellophane. Je me souviens d'un plafond par où tombent des milliers de lardons, que les hommes et les femmes en charlotte blanche conditionnent – produire, conditionner, transformer, comme ils sont propres et immaculés, les verbes de la structure, blancs comme des os. Je me souviens d'une femme poussant toute seule une immense palette de jambons, comme un insecte délicat et obstiné, transportant une charge dix fois plus lourde que son corps.

Je demande comment c'est possible. Il y a beaucoup de roulettes, dit Cécile, la palette est conçue exprès.

Je crois que c'est dans la zone de découpe secondaire que je vois les têtes. Une pyramide de têtes tranchées aussi haute que moi. Certaines ont les yeux fermés. D'autres tirent la langue. D'autres nous regardent fixement, comme si leurs yeux allaient se remettre à rouler de terreur, à peine nous aurons le dos tourné. Encore ce sentiment d'effroi anachronique, comme devant les hommes en cotte de mailles, je n'aurais jamais cru voir ça de ma vie, et pourtant je le vois. Un jeune gars qui prend sa pause, au moment de quitter la chaîne, se saisit d'une tête qui défile devant lui pour la lancer au sommet de la pyramide mais il rate son coup, la tête dévale maladroitement la pente, avant de s'arrêter sur le carrelage taché de sang. Je me souviens d'avoir pensé : heureusement qu'il fermait les yeux.

Est-ce que l'âme quitte le corps d'un seul coup quand on meurt, ou est-ce qu'elle s'attarde encore un peu, comme une trace de rouge à lèvres sur une cigarette encore tiède ? Moi, j'aurais tendance à croire qu'elle s'attarde, comme l'atmosphère orageuse d'une dispute, comme l'odeur d'un parfum mis la veille, ou les voix qui persistent quelques secondes après avoir débranché une radio.

Est-ce que l'âme est coupée en morceaux si le corps est passé au hachoir ? Est-ce qu'il en reste de petits bouts dans chaque lardon ou est-ce qu'elle se trouve entière et indivisible quelque part ?

Je ne pose pas ces questions à Cécile. Elles ne se posent même pas à moi, on dirait qu'elles flottent comme des papillons noirs, tout autour de nous, mais elles ne se posent pas. Elles s'envolent, on dirait, très loin d'ici. Très loin de moi qui ne ressens rien, rien d'autre qu'une forme de soulagement. C'est ma seule émotion, on dirait, une émotion insaisissable, comme un papillon noir aux fines nervures rouges. Soulagement. Au moins, ils sont morts, voilà ce que je pense. Le pire, pour eux, ne s'est pas produit ici. Le pire se produit avant. À l'intérieur de la structure. J'ai déjà vu le pire. Je l'ai vu des milliers de fois. Au moins, ils sont morts. Le pire se produit après. Sur cette estrade où les slashers cessent d'être humains. Sur cette estrade où j'ai cessé d'être humaine pour devenir un esprit errant. Le pire se produit avant. Le pire se produit après. Le pire se reproduit. C'est terminé, dit Cécile. Vraiment ? Elle me regarde d'un air méfiant, comme si je faisais une allusion dissimulée à ma visite journaliste ou à une rupture de la chaîne du froid. C'est terminé, répète-t-elle, nous allons pouvoir remonter.

C'est seulement en sortant de l'abattoir, en laissant son immense portail se refermer derrière moi que je comprends ce que j'ai vu et ce que je n'ai pas vu. J'ai vu un troupeau de condamnés sortir du camion, perdus, égarés, comme de pauvres gens appelant à l'aide, poussés vers une porte donnant sur un couloir obscur – je l'ai vu. J'ai vu le geste du saigneur donnant la mort, *Slash* – je l'ai vu. Je n'ai pas vu – j'imagine – la dernière case, celle où attendaient depuis des heures les condamnés arrivés la veille, celle où ils sont douchés pour faire redescendre la température de leur corps et les battements erratiques de leur cœur. Je n'ai pas vu – j'imagine – le couloir en pente descendante où ils sont tout d'un coup forcés d'avancer, le hurlement du premier dont les pieds patinent, glissant malgré lui, poussé par la foule derrière. Je n'ai pas vu – j'ai vu sur des catalogues d'équipements pour abattoir, tous disponibles en ligne – l'intérieur du *restrainer*, la cage électrique où les condamnés passent un à un, le système les soulevant par le ventre, leur faisant perdre définitivement tout contact avec la terre, tandis que deux électrodes se placent sur leur tête et une autre sur leur cœur, leur envoyant une décharge suffisante pour que leur âme comprenne que l'heure est venue de sortir de ce corps. Je n'ai pas vu – la décharge électrique fusillant les neurones, suffisante pour les assommer neuf fois sur dix. (Les porchers m'ont raconté des histoires horribles qu'ils tenaient des gars de l'abattoir sur les fois où la décharge *ne suffit pas*. Où le positionnement approximatif et standardisé des électrodes *stimule* au contraire les neurones et les nerfs.) J'ai vu – ce qui se passe ensuite, le corps anesthésié dévalant le toboggan où l'attend le saigneur.

Ce moment à l'intérieur de la cage de métal, où les électrodes se positionnent sur un visage (les yeux ? le front ? la muqueuse hypersensible du groin ?) plein de terreur. Ce moment où personne n'est là pour voir ni pour entendre, ce moment où la conscience ne résiste pas (sauf si elle se réveille). D'abord le choc de l'électronarcose. Quelques secondes plus tard, l'égorgement et la mort.

Coré 9887 sera, a été, est – mise à mort – ici. Quelque part entre la cage électrique et le bas du toboggan, Coré – meurt. Son cœur – s'arrête. Mais je ne peux me mettre à sa place, j'échoue lamentablement. Mon esprit ne peut franchir les parois de métal de la cage, ce qui se passe à l'intérieur est inimaginable. Inimaginable ce qui se passe dans l'esprit assommé – jusqu'à quel point ? – entre le choc électrique et le geste de l'exécuteur. À vingt-cinq ans, j'ai été opérée d'une jambe, j'avais demandé à l'anesthésiste s'il arrivait aux gens endormis par son mélange d'hypnotiques et d'opiacés de rêver. Il avait dû comprendre que c'était ma façon de gérer l'angoisse, j'avais besoin de me fixer un but. Me souvenir d'un rêve fait au bloc me paraissait une idée pas plus idiote qu'une autre, j'avais besoin de me dire que durant cette demi-heure, je ne serais pas seulement ce morceau de chair inerte sur une table métallique, vêtu d'une blouse bleu ciel et d'une charlotte. Peut-être qu'au tout début de l'anesthésie vous aurez un de ces rêves flash qu'on nomme image hypnagogique, avait dit le doc, mais ça ne durera qu'une ou deux secondes. J'ai rêvé que je voyais mon corps étendu sur la table, entouré de deux médecins et de deux infirmières, tandis qu'un haut-parleur diffusait de la musique. Je me suis souvenue de ce rêve en me réveillant dans ma chambre, groggy et la bouche sèche, la jambe enveloppée d'un pansement.

Est-ce que Coré verra, a vu, voit – tout ça de très haut ?

Est-ce qu'elle voit cette fille qui chiale, la tête appuyée contre la vitre du train ? Cette fille qui a échoué à se mettre à sa place, échoué au dernier moment, terrifiée par les parois de métal. Elle n'a pas accompli l'instruction du maître, elle n'a pas atteint l'éveil, rien n'a changé, rien ne change, le train avale le paysage à grande vitesse, tandis que ses voyageurs trop humains se dirigent vers la voiture bar, ouvrent leur ordinateur pour mettre à jour des colonnes de chiffres, envoient des messages urgents, ignorant, ignorant, ignorant les choses qu'ils ne voient pas, le haut de leur crâne où les cheveux clairsemés laissent apparaître une peau rose vulnérable, le toit métallique du train frappé par un soleil oblique illuminant d'invisibles molécules de dioxyde de carbone, des villes animales qui ne figurent sur aucune carte, tout ce qu'on ne voit pas et qui pourtant existe – est-ce que Coré le voit ? Il y a quelque chose qui me fait mal, si mal que j'ai peur d'y penser. Quand j'émerge enfin sur le quai de la gare, j'ai l'impression d'être blessée. Cette blessure m'empêche de marcher comme je le fais d'habitude, vite, à grands pas, pour arriver avant la foule jusqu'à la file des taxis, pour ne pas perdre de temps. Je m'arrête pour essayer de la localiser, craignant de m'être coupée, ou cognée sans m'en rendre compte, mais la douleur est impossible à définir, on dirait qu'elle circule de mon cœur à mon flanc, de mon flanc à ma tête, de ma tête à mon cœur. Pardon ! crie un type avec une valise à roulettes. Mais il se fiche que je le pardonne, il est juste furieux que je n'avance pas assez vite. Le type me double. Je jette un regard sur le quai comme si je m'attendais à y voir des traces de sang, mais rien de tout ça n'est visible à l'œil nu.

IV

Printemps

Printemps 2010. Mon cœur se met à cogner vers cinq heures du matin, je tâtonne dans la pénombre, finissant enfin par trouver l'interrupteur, intriguée de ne pas reconnaître ma chambre avant de me souvenir que je suis à Athènes, dans l'appartement d'un ami psychanalyste, Yannis, qui m'a laissé ses clés quand je lui ai demandé où il me conseillait de loger pour un reportage d'une semaine. Yannis est vraiment un type extraordinaire, me dis-je tout en cherchant mon Cardiocalm à l'aubépine, je ne sais plus où je l'ai fichu, pas dans la trousse de toilette, pas dans la valise, pourtant je suis sûre de l'avoir emporté. J'ai rencontré Yannis par hasard, chez des amis, deux semaines avant de partir. Il m'a proposé de me laisser ses clés au bout de deux heures de conversation – lui n'habite plus Athènes mais Salonique, il compte garder cet appartement encore un an, pas plus, sa clientèle n'est plus ici désormais – me voici donc au quatrième étage d'un vieil immeuble du quartier d'Exarchia, en train de me demander comment calmer mon cœur sans avoir recours à ces fichues dragées à l'aubépine que je semble incapable de retrouver. Je plaque mes mains sur mon cou pour compter, cent dix battements par minute, ça pourrait être pire. Espérons que ça n'accélère pas trop. Même si je sais que je ne risque rien, en un an, j'ai consulté trois cardiologues, dont un aux urgences de l'hôpital où les pompiers m'avaient amenée en pleine nuit, même si je sais que je ne souffre d'aucune pathologie, ces emballements nocturnes me laissent toujours épuisée, pantelante, sonnée au lever du soleil, comme si j'avais couru un marathon. Les deux premiers cardiologues avaient évoqué le stress. Ça fait un an que ça dure, ai-je dit au troisième, vous croyez que le stress explique tout ? Le troisième cardiologue a ôté ses petites lunettes rondes pour me dévisager. Parfois oui, parfois non, a-t-il dit d'un air paisible. Il y a des gens stressés qui n'ont jamais de tachycardies, il y a des gens qui ont des tachycardies sans être stressés et il y a des tachycardies, comme les vôtres, qu'on ne sait pas vraiment expliquer. Le cœur est la partie la plus mystérieuse du corps humain, vous savez. Baissant les yeux avec une fausse modestie de gamin, le cardiologue a ajouté : C'est pour ça que j'ai choisi cette spécialité. Parce qu'il y a beaucoup de choses inexpliquées au niveau du cœur. Pour conclure, il avait tenu à me rassurer, des cas comme le mien, il en avait déjà vu. Des tachycardies violentes survenant en pleine nuit ou juste avant l'aube, sans explication physiologique, ça durait un an ou deux et, sans qu'on sache pourquoi, aussi mystérieusement qu'il s'était mis au galop, le cœur s'apaisait. Lui-même avait connu ça, ajouta-t-il à voix basse, comme s'il craignait que quelqu'un d'autre nous entende, c'était après une rupture amoureuse, ses tachycardies avaient duré deux ans. Et puis un matin, il s'était rendu compte que ça n'avait pas recommencé depuis des semaines et, sans qu'il comprenne pourquoi ni comment, ça ne s'était jamais reproduit. Vous avez rompu récemment ? murmura le cardiologue chamanique. Non. Alors vous avez perdu quelqu'un ?

Comme si mon cœur s'emballait au moment où le camion vient les chercher. Comme s'il persistait à courir avec eux. J'ai failli tout avouer au cardiologue chamanique. Mais je n'ai pas osé. Juste avant de s'emballer, mon cœur tressaille comme si je manquais une marche, c'est ce tressaillement, ce sursaut, qui le fait partir au galop. Comme s'il provenait de cette blessure, que j'ai ressentie la dernière fois où j'ai pris le train, en revenant de l'abattoir. Quelque chose me fait mal, je ne sais pas ce que c'est. La blessure se réveille et mon cœur s'emballe.

Cent trente battements par minute. Impossible de trouver ces fichus Cardiocalm. Je m'assois sur le canapé de Yannis, je n'ai pas fermé les stores du salon, il me semble que la nuit devient moins sombre, le soleil devrait se lever dans une heure. En un an, j'ai appris pas mal de trucs sur les tachycardies. Le truc le plus utile concerne les pensées, ces petites choses filantes comme des bancs de poissons qui, en temps normal, semblent n'avoir aucun rapport avec vos constantes physiologiques, comme disent les toubibs. Les constantes, comme les battements cardiaques, étant censées se réguler toutes seules, en temps normal, les pensées ne peuvent pas les influencer. Sauf quand votre cœur part au galop. À cinq heures du matin, les petites choses filantes ont une sacrée importance. Si vous commencez à penser, est-ce que mon cœur va exploser ? est-ce que je vais mourir ?, le cœur va faire un bond comme un animal fouetté par un choc électrique. C'est ce qui m'est arrivé, la nuit où mes voisins ont dû appeler les pompiers, Jean était en reportage, c'était un mois à peine après la fin de l'enquête. J'ai tressailli, mon cœur a accéléré, j'ai commencé à me dire que j'étais prisonnière d'une cage, une cage de chair qui pouvait se déglinguer à tout moment, qui *allait* se déglinguer, comme si j'étais un bloc d'infini pris au piège, témoin de son propre supplice, un bloc d'infini se heurtant aux parois, galopant, se heurtant, j'ai cru que j'allais mourir, j'ai eu le réflexe d'appeler les voisins et de ramper, je ne sais comment, jusqu'à la porte d'entrée pour ouvrir aux pompiers, j'allais mourir mais quand même, je n'avais pas envie que ma porte soit enfoncée. Ensuite j'ai perdu connaissance. Quand j'ai ouvert les yeux, j'étais allongée sur le palier et trois gars prenaient mes constantes. Conclusion, même si c'est vrai que nous sommes des blocs d'infini emprisonnés, si vous avez une tachycardie, évitez les pensées métaphysiques comme vous éviteriez des poissons lumineux dangereusement rapides, car c'est votre sang qu'ils entraînent dans leur sillage. Il faut savoir parler à son cœur, le mien, j'ai appris à le connaître, ce qui le calme, ce sont les choses bien pénibles et bien concrètes. De gros poissons patauds bien gris et bien lents. Comme ma déclaration d'impôts, tiens. Ça fait trois ans que je me dis qu'il faut que je passe en frais réels, mais je ne suis pas fichue de garder les tickets et les factures, je commence à les mettre dans une boîte, ensuite je me dis que ce serait mieux de les scanner pour qu'ils soient dans mon ordi, et puis je laisse tomber. Peut-être qu'il faudrait que je me motive pour l'année prochaine ? Ou, plus réalistement, pour celle d'après ? (Cent à la minute. Un bon gros coup de ralentisseur pour mon cœur métaphysique.) L'autre chose dont il faut que je m'occupe, c'est de regarder les horaires du bus B4. Je les ai cherchés sur Internet mais je ne les ai pas trouvés, il va falloir que je me rende directement à l'arrêt, je crois qu'il y en a un à trois stations de métro d'ici, pas loin de la gare routière. (Carrément en dessous de cent, il n'y a plus qu'à retourner se coucher.) Je vais dormir une heure, ou deux si j'y arrive, ensuite j'irai prendre un bon petit déjeuner au café Floral, Yannis habite juste à côté, il paraît que tous les psys et les artistes de la ville se retrouvent là, sans oublier les anarchistes qui balancent régulièrement des grenades lacrymogènes dans le quartier. Je ne traînerai pas trop au café. Je ne crois pas que le bus B4 passe très souvent et je voudrais quand même rester quelques heures à Éleusis.

C'est la raison de ma venue ici, Éleusis, l'ancienne ville des mystères, devenue une banlieue industrielle d'Athènes. Depuis six mois, je m'efforce de poursuivre ma vie là où elle en était *avant* – avant l'instruction, avant l'enquête, avant les tachycardies. Quand j'ai proposé ce reportage à Sébastian, le rédacteur en chef de la revue de spiritualité à laquelle je collabore toujours, il a réagi comme je m'y attendais, avec enthousiasme. Il le sentait bien, ce reportage où je mettrais en perspective l'ancien culte des mystères et la ville d'aujourd'hui,

Elefsina, banlieue portuaire – sans doute terriblement polluée, comme si nous profanions Déméter encore et encore, a dit Sébastian avec émotion. Quand je lui ai dit que je pensais rester une semaine, il m'a regardée d'un air de chien battu. « La rédaction ne pourra jamais te financer une semaine à Athènes. – Je sais bien. Mais je n'ai pas envie de faire un aller-retour. Je m'occupe du logement. Tu crois que tu pourrais financer, disons, une partie du voyage ? » Sébastian n'a pas répondu, le regard vague comme s'il fixait un point lointain entre mes deux yeux – une technique de sorcier, j'ai dû lire ça quelque part dans un bouquin de Castaneda, fixer le troisième œil de son interlocuteur pour le déstabiliser. « Je sais ce que tu es en train de faire », ai-je dit. On s'est mis à rire tous les deux. On a fini par toper sur un forfait au feuillet légèrement supérieur à ma pige habituelle.

J'ai un peu traîné après avoir pris le petit déjeuner au café Floral, je finis par prendre le bus de treize heures, que je trouve singulièrement vide – ça m'étonne, même si nous ne sommes pas en période de vacances, il y a beaucoup de touristes à Athènes, personne n'a donc envie de prendre le bus B4 pour Éleusis ? À cause de la température, peut-être, en ce jour de mai, il fait déjà trente-huit degrés et la chaleur est partie pour durer. Je suis carrément seule dans le bus, avec un type assis au fond qui n'arrête pas de passer des coups de fil, je ne parle pas grec, mais c'est clairement de boulot qu'il s'agit, une urgence à résoudre sans doute. Le bus emprunte à peu près le chemin de l'ancienne voie sacrée, celle que les aspirants à l'initiation suivaient à l'automne, longeant la mer, pour arriver au lieu où durant deux mille ans furent célébrés le culte de Déméter, grande déesse de la terre, et la victoire de sa fille Perséphone sur la mort. Le bus traverse Elefsina sans que personne ne descende ni ne monte aux différents arrêts, les rues de la ville, rectilignes, faites d'immeubles de quatre étages, m'évoquent les rues d'une ville du Far-West, fragiles refuges humains encerclés par un territoire écrasant, sauf que ce territoire n'est pas fait de rocheuses, mais d'immenses raffineries de pétrole dont on aperçoit, entre deux immeubles, les tuyaux et les toits brillants. Terminus, Elefsina ! crie le chauffeur, tandis que le car s'arrête à côté d'une guérite faisant office de gare routière. Le type au téléphone, attendu par deux gars en chemise blanche, leur serre vigoureusement la main avant de les suivre à l'intérieur d'un bâtiment qui a tout l'air du siège social d'une usine. Un peu perdue, je demande au conducteur où se trouve le site archéologique. Il me montre du doigt le bout de la rue et me fait signe de tourner à gauche. Un quart d'heure de marche et enfin, j'y suis.

Il ne reste plus que des pierres éparses de ce qui fut autrefois le temple de Déméter. Un chien famélique, couché à l'ombre d'un pin, entrouvre un œil de gardien fatigué pour regarder l'intruse qui déambule entre les restes de colonnes et les pierres anciennes, témoins de rites si secrets qu'aujourd'hui encore, nul ne sait en quoi l'initiation consistait. Le chien pousse un gémissement de douleur avant de se recoucher, comme si le grondement permanent des raffineries le torturait.

« Tu ne vas pas pouvoir fuir éternellement », m'a dit Jean. Mon éditrice m'a dit à peu près la même chose. « Tu vas devoir l'écrire, ce roman. » Mais chaque fois que j'envisage ces notes posées sur mon bureau, car j'ai tout imprimé, comme si cela pouvait extraire définitivement la structure de production de ma mémoire, les yeux immenses de Coré 9887 me fixant dans l'obscurité, chaque fois que j'envisage de transformer ces milliers de signes en histoire, je recule, comme si je m'apprêtais à commettre un sacrilège, d'autant plus impardonnable que je n'ai pas réalisé l'instruction.

Quand Déméter constate que Hadès, le seigneur des enfers, a enlevé sa fille Perséphone avec la complicité du maître de l'Olympe, Zeus en personne, la déesse de la fertilité décide de se venger en rendant la Terre invivable. Le blé cesse de pousser, le sol se dessèche, et tout le monde crève de faim. Les dieux comprennent vite que si les hommes disparaissent, il n'y aura plus personne pour leur faire des sacrifices, les prier, ni même pour se souvenir de leur existence – leur civilisation risque l'effondrement, comme dans un bouquin de Jared Diamond. Alors Zeus et Hadès négocient, bien obligés, avec la grande Déméter, et aboutissent à un accord cyclique : Perséphone passera six mois aux enfers auprès de son époux, mais remontera chaque printemps pour passer six mois sur Terre avec sa mère. J'ai toujours adoré la mythologie, je crois qu'elle a sur moi un effet thérapeutique – j'ai toujours mal, j'en suis consciente, même si je n'éclate plus en sanglots dans la queue du Monoprix, même si j'apprends à vivre avec mes tachycardies, j'ai toujours mal. J'ignore pourquoi le mythe d'Éleusis me fascine tant, mais quelque chose dans cette histoire me fait du bien, c'est sûr. Ado, le côté résurrection, la fille remontant des enfers saine et sauve, était ce que je préférais. L'idée qu'une femme, enfin, une grande déesse, fasse plier le *boys club* de l'Olympe me plaisait bien aussi. Mais déambulant en plein cagnard entre les pierres du sanctuaire, je crois que c'est Perséphone qui me fascine le plus. Peut-être parce que c'est une intruse où qu'elle soit, nostalgique du jour quand elle se trouve sous terre, attirée par le sous-sol quand elle marche au soleil. Peut-être parce qu'elle descend, peut-être parce qu'elle remonte. Peut-être parce qu'elle n'a pas d'identité réelle. Certaines légendes font d'elle le double de Déméter, d'autres voient en elle celui d'Aphrodite, comme si Perséphone n'était jamais elle-même mais toujours autre, comme ces doubles flottant à côté de nous dans les rêves, dont on ne peut jamais voir le visage. Encore moins au moment où elle apparaît, sortant à contre-jour de la grotte d'Éleusis.

On sacrifiait chaque année des truies à Déméter. Dans le monde antique, la truie symbolisait la fertilité, aussi sacrée que la vache dans le sous-continent indien. Quelques mots lus ce matin, dans un dictionnaire de mythologie en ligne, ont suffi à me remémorer cette douleur, avec laquelle j'essaye d'apprendre à vivre. La douleur de ne pas – avoir sauvé Coré, réalisé l'instruction, écrire. Ces pages de notes que je noircissais sans pouvoir m'arrêter, après les journées passées en compagnie de Nicolas et de JF, pour ne rien oublier de ce que j'avais vu à l'intérieur. Ces pages qu'ensuite je recopiais sur mon ordinateur à peine montée dans le train, de peur qu'elles ne s'égarent, de peur qu'elles ne se froissent, de peur, si je laissais passer ne serait-ce qu'une nuit, de ne pouvoir déchiffrer mon écriture affolée, comme si le sens des mots risquait de s'effacer si je ne les relisais pas aussitôt, si je ne les transcrivais pas en caractères Times New Roman corps douze, si je ne stockais pas ces transcriptions sur un disque dur, si je ne fixais pas, une fois encore, ces images dans ma mémoire, ce qui ne manquait jamais d'en faire revenir d'autres dans le train qui m'emportait. Des milliers de signes que je n'ose toujours pas relire, six mois après la fin de l'enquête. Chaque fois que j'essaie de m'y plonger, c'est comme si je redescendais, comme si j'inséminais à nouveau Coré 9887, comme si elle tournait à nouveau vers moi son œil liquide plein de messages muets, comme si je réveillais un cauchemar, remuant des flots noirs où j'ai peur de me noyer.

Au café Floral, ce matin, j'ai discuté avec une fille de mon âge, installée juste à côté de moi avec son ordinateur. C'est elle qui a engagé la conversation quand elle m'a vue relire mes notes sur le mythe d'Éleusis. Vous vous intéressez aux mystères ? m'a-t-elle dit dans un français si parfait qu'il m'a fait honte, comme une politesse que je ne pouvais lui rendre avec les trois mots que je sais balbutier dans sa langue (merci, bonjour et *spanakopita*). Vassiliki m'a dit qu'elle était prof de lettres à la fac d'Athènes. J'adore mon métier, a dit Vassiliki, je suppose que vous devez adorer le vôtre, vous aussi. Ça dépend des jours, ai-je dit. Pour ne pas m'aventurer plus loin sur ce sujet douloureux, je lui ai demandé si elle avait quelque chose à me dire sur Éleusis et Perséphone, quelque chose d'un peu personnel, quelque chose qui ne figurerait pas dans les livres. Vassiliki a réfléchi quelques minutes, avançant la lèvre inférieure pour faire voleter gracieusement sa frange courte – c'est la mode à Athènes, cette année-là, toutes les filles portent des franges courtes qui leur donnent l'air de pin-up des années cinquante ou de beautés gothiques, suivant les cas. Il y a un truc auquel je pense, a-t-elle dit. Un groupe de rock a fait une chanson, récemment, qui dit à peu près ceci : *Perséphone, reste sous terre ! Ne remonte surtout pas, sur Terre, c'est l'horreur !* La chanson parle de pollution et de crise climatique, a dit Vassiliki, j'adore la mélodie, mais je frissonne chaque fois que j'écoute les paroles.

C'est sûr que si Perséphone remontait maintenant, émergeant l'œil hagard du *ploutoneion*, la grotte d'Éleusis dont le mythe dit qu'elle cache un passage vers l'autre monde comme les souterrains de la série *Stranger Things*, si Perséphone émergeait à présent des enfers, gravissant la dernière marche, encore protégée par une lisière obscure, jetant autour d'elle un regard circulaire, elle croirait halluciner. L'ancien temple de Déméter, les pierres sculptées qu'il en reste, éparses comme des perles tombées du ciel, encerclées par les usines navales dont le grondement permanent rappelle celui d'un métro. L'air saturé de particules fines. Les records de chaleur. Mais peut-être Perséphone saitelle déjà tout ça ? Si elle remonte chaque année, elle sait forcément ce qui se passe, elle sait tout, elle a eu le temps de s'habituer. À moins que les dieux ne soient comme nous, trompés par leur mémoire, réalisant brutalement que des ronds-points ont remplacé les arbres, aux abords de villes que nous ne reconnaissons plus. La chaleur est accablante, il est presque dix-huit heures, je ne veux pas manquer le dernier bus B4. Je n'aurais eu ni insight ni révélation sur le site d'Éleusis, c'est Sébastian qui va être déçu, lui qui m'a réservé deux doubles pages. Je suis surprise de voir que devant la guérite du bus attendent une trentaine d'hommes. Quelques-uns parlent grec, mais la plupart s'expriment en arabe, quelques autres en russe, ce sont les ouvriers des raffineries qui rentrent le soir à Athènes. Je m'assois à l'avant du bus et, au bout de quatre arrêts, voyant un nouveau flux d'hommes pénétrer à l'intérieur, se serrant les uns contre les autres pour tenir à trois, parfois quatre, sur les doubles sièges, si nombreux dans le couloir central que leurs mains semblent surgir de nulle part pour s'agripper aux rampes, voyant deux femmes décliner l'offre du chauffeur qui leur maintient les portes ouvertes, l'air de dire, non merci, on prendra le suivant, je me souviens brusquement que je suis une fille – je l'avais presque oublié en errant dans le sanctuaire – la seule fille du bus B4. Pourtant, je ne me sens pas menacée par cette foule d'hommes en jeans, trop épuisés pour faire attention à moi. Peut-être parce que cette fatigue masculine, ce mélange d'accablement et de bonne volonté, me rappelle les porchers. Certains dorment, tête appuyée contre la fenêtre, d'autres semblent dormir debout, yeux fermés, écoutant de minuscules radios portatives, la tête dodelinant au gré des virages. Malgré tout, quand le chauffeur me fait signe de m'asseoir à côté de lui dans la cabine, j'accepte

– ça ne se refuse pas, s'asseoir auprès du conducteur, dans un bus où on est la seule femme. « *Where are you from ?* me dit le chauffeur avec un accent slave à couper au couteau. – *France.* – *You don't look French* », dit-il en fronçant les sourcils, sans que je sache si sa désapprobation vient du fait que je n'aie pas l'air française ou que j'aie eu le culot de monter dans son bus. « *I'm half Sicilian.* – *Oh... I see.* » Il me regarde avec un sourire en coin comme si ces origines probablement mafieuses expliquaient mon audace. Quand je lui demande à mon tour d'où il vient, il me dit qu'il est arrivé ici de Moscou il y a dix ans, il travaillait sur un pétrolier, il est tombé amoureux d'une Grecque, il a décidé de rester pour elle, elle l'a largué, il est resté quand même. Mon protecteur se tait, concentré sur la route, nous traversons plusieurs banlieues entre Éleusis et Athènes, des arrêts que je n'avais pas remarqués dans le bus vide de l'aller où, peu à peu, les hommes descendent, disparaissant dans les rues comme s'ils se volatilisaient à mesure que nous suivons l'ancien chemin des mystes, revenant chancelants de leur initiation. Seuls trois hommes sont encore assis quand nous entrons dans Athènes, ils descendent à leur tour et, arrivés au terminus, il ne reste plus que le chauffeur et moi. *À l'aller, les camions sont pleins. Au retour, ils sont vides.* Au moment où je lui dis au revoir, il pousse un long soupir et marmonne une phrase que je n'entends pas, quelque chose comme *take care*, à moins que ce ne soit *go to hell.* Je ne lui demande pas de répéter. De retour chez Yannis, je fais encore quelques recherches sur le culte de Déméter. J'apprends que non seulement la truie était associée à la déesse, mais qu'elle était considérée comme un animal *perisepton*, très vénéré, voire *hieron*, sacré, car une truie aurait allaité Zeus encore nouveau-né, après que sa mère eut accouché dans les montagnes pour le soustraire à la folie meurtrière de son géniteur (ce Cronos qui avait la sale habitude de manger ses enfants). On sacrifiait des porcelets à Zeus et à Déméter, et la viande du sacrifice était partagée entre les dieux et les hommes. Aujourd'hui, nous ne partageons plus rien avec les dieux, nous produisons, c'est tout. Je finis par retrouver la boîte de Cardiocalm dans la poche intérieure de ma valise. Je la pose sur la table de nuit, à côté d'un verre d'eau, en espérant que ça ne va pas recommencer cette nuit, mais en sachant très bien qu'avant le lever du jour, mon cœur recommencera à partir au galop.

Printemps 2011. J'abandonne. Je décide de le dire aux seules personnes qui étaient au courant pour l'instruction, les seuls à connaître l'existence du maître nomade, les seuls à savoir qu'un vœu me lie à lui, Jean, Grace et Sébastian, que j'ai invités à dîner, comme si je voulais donner à ma décision un caractère irréversible devant mes trois témoins réunis. J'attends la fin de la soirée, le moment des bouteilles vides et des clopes fumées à la fenêtre en regardant tomber le jour qui rallonge, comme un tissu de couleur se déchirant lentement sur les toits des immeubles. Sébastian nous parle d'un psychanalyste d'origine colombienne, un Indien Kogi, qu'il vient d'interviewer, un homme dont la spécialité est de venir en aide à ceux qui sont enfermés ou isolés durant de longues périodes. Les moines. Les prisonniers. Les astronautes avant une mission. L'Indien qui aide les captifs et les solitaires a voyagé dans le monde entier, paraît-il, mais vit à Paris depuis deux ans. « Il aide aussi les écrivains », dit Sébastian, jetant à Jean et à Grace un regard qui ne m'échappe pas. Mais je ne souffre pas d'un blocage d'écriture, contrairement à ce que Sébastian semble penser. J'ai peur de commettre un sacrilège. C'est différent. L'image de Coré 9887 vagabondant dans une forêt me fait frissonner. Où va l'âme des bêtes après leur mort ? Coré a-t-elle trouvé, non pas le ciel, mais les odeurs de terre dont elle fut privée ? Le ciel dehors est devenu sombre mais on ne voit pas les étoiles, cachées par la brume et par l'éclairage des rues. « J'ai quelque chose à vous dire. » Leurs trois visages se tournent vers moi avec une simultanéité qui me rappelle un instant les femelles curieuses du bâtiment naissage. « Je laisse tomber l'instruction. Je ne l'ai pas réalisée et je n'écrirai pas sur elle. » Grace se laisse glisser au bas du canapé, comme un grand chat efflanqué et désapprobateur : « Qu'est-ce que tu vas faire de tes notes ? Tout ce que tu as écrit, tout ce que tu as vu quand tu faisais l'enquête ? » Encore une question qui ressemble à un gouffre. Que vais-je faire de mes notes ? Rien. Je ne vais rien en faire parce que ces notes sont tout ce qu'il me reste d'une tentative échouée de changer le monde et que je suis incapable d'en modifier un seul mot. Je suis incapable de les relire sans être saisie de panique. Il suffit qu'une image me revienne en mémoire pour que je plonge dans une sorte de sidération, comme si tout recommençait (et en vérité, tout recommence, tous les jours). « J'abandonne », dis-je, sans oser regarder Grace dans les yeux. « Tu n'es pas obligée de parler de l'instruction, dit Jean, tu pourrais imaginer une autre histoire, sans qu'il soit question de l'instruction du tout. Personne ne le saurait à part toi, et à part nous. » Ils me regardent tous les trois avec un air d'espoir, l'air de dire, alors ? qu'est-ce que tu attends ? Bien sûr qu'ils ont raison. Imaginer une autre histoire, dissimuler l'instruction, ou peut-être la suggérer, tisser une fiction autour de ma blessure, est la seule chose à faire. La seule décision saine, bien sûr qu'ils ont raison, pour ne pas rester dans cet entre-deux où je suis coincée depuis des mois comme une âme errante, pour me remettre à écrire, et à vivre aussi. Cela semble si clair, si évident, bien sûr qu'ils ont raison. Mais comment leur avouer que j'ai cessé, moi, d'être saine d'esprit ? Comment leur avouer cette peur dont j'ai conscience qu'elle est folle, la peur d'avoir déçu un maître sans nom, celle d'utiliser son instruction à des fins qui ne soient pas les bonnes, mes propres fins égoïstes, mesquines, la peur de voir, à l'heure où je m'y attendrai le moins, surgir à contrejour une étrange silhouette, dont je ne saurai si c'est un animal ou un être humain, venant me réclamer son dû. Même à ceux que j'aime le plus, je n'ose avouer cette peur-là, parce qu'elle ressemble à ces craintes de mourir d'une mort atroce dont on ne sait si elles sont irrationnelles ou prémonitoires, et qu'un aveu suffirait à rendre plus consistantes, dangereusement plausibles. Je finis par leur dire que je n'y peux rien, que c'est plus fort que moi. « J'ai peur de commettre un sacrilège. » Voilà, c'est dit, je suis consciente que ça plombe l'ambiance d'un dîner entre amis, mais je me sens soulagée. Je leur propose de passer au dessert, j'ai acheté un fraisier, en général, tout le monde aime ça. « Mais non… non », dit Grace, se redressant d'un coup sur ses grandes jambes, comme si elle voulait m'empêcher de passer. « Le sacrilège n'est pas ce que tu crois », dit-elle d'une voix tremblante d'indignation, une voix que je ne lui ai plus entendue depuis nos années à Florent. « Le sacrilège, c'est de ne pas jouer le jeu. Crois-moi, j'en sais quelque chose. J'en sais quelque chose de ces excuses qu'on s'invente parce qu'on a peur que le résultat ne soit pas à la hauteur… parce qu'on a peur d'être jugée… parce qu'on a peur de se tromper… tout ça au nom de quoi ? d'un putain d'idéal de perfection ?… Garder tes notes pour toi, les planquer au fond d'un tiroir ou dans ton vieil ordinateur, c'est ça que tu veux ? Tu veux devenir comme moi ? Tu veux rester dans ton coin comme une mauvaise joueuse ?… Refuser de jouer le jeu, comme si on était au-dessus de ça… comme si on était au-dessus de la vie… » Grace nous dévisage chacun à tour de rôle, frémissante, comme si elle nous mettait au défi de la contredire. « C'est ça, le sacrilège », conclut-elle, avant de se laisser retomber sur le canapé juste à côté de moi.

L'an dernier, Grace est passée tout près de la catastrophe. Elle devait plusieurs mois de loyer à sa propriétaire, n'avait plus de travail et personne, à part moi et son ex, le sociologue introverti, personne pour l'aider. Elle a décidé de partir, comme chaque année, marcher durant l'été, pas à Compostelle, mais ailleurs, dans le sud de la France. Je ne sais exactement où, je ne sais ce qui s'est passé durant cette marche solitaire, je sais juste qu'au retour Grace n'était plus la même. Elle semblait décidée à sortir de ce qu'elle appelait son enfermement. Le hasard a voulu que son ancienne cliente, celle qui l'avait larguée si brutalement un an plus tôt, la rappelle pour lui proposer un travail, elle venait d'obtenir un gros contrat avec la Ville de Paris et avait besoin d'une directrice artistique. Grace, sauvée in extremis, a retrouvé son équilibre. Mais quelque chose a changé. Elle est moins solitaire, moins ascétique, la directrice de l'agence a même fini par devenir son amie. Ce qui n'a pas changé, en revanche, est son refus de publier. C'est trop tard, selon elle, l'habitude de se recroqueviller, de s'exclure, a duré trop longtemps. Une partie de cette paralysie était réversible, une autre, celle qui concerne, justement, ses écrits, une autre ne l'est pas.

Je sais combien tout ça est douloureux pour elle. Je suis terriblement troublée par ce qu'elle vient de dire, ici même, chez moi, devant Jean et Sébastian qui eux aussi sont émus, je le vois bien, même s'ils font mine de parler d'autre chose, pour ne pas gêner Grace ni me gêner moi. « Je ne suis pas mauvaise joueuse », dis-je à voix basse, « mais j'ai peur. » Grace se tourne vers moi, si proche que je peux sentir son haleine de fumeuse : « Ce n'est pas de la peur. C'est de l'orgueil… cet orgueil qui se fait passer pour de la pudeur, pour de la crainte… cet orgueil monstrueux qui déteste la vie… Tu n'as pas fréquenté autant que moi ce démon-là, crois-moi, il a détruit ma vie, alors je sais de quoi je parle. Je reconnais sa façon de faire. » Les paroles de Grace tombent juste sans que je puisse dire pourquoi, comme si elles atteignaient un endroit secret auquel je n'ai pas accès moi-même. Nous finissons par nous joindre à la conversation des hommes, comme on rejoint une pièce lumineuse et rassurante.

Sébastian raconte qu'il a nagé avec des dauphins l'été précédent, ça lui a donné l'impression de redevenir un enfant, peut-être parce que les dauphins sont une espèce vieille de plusieurs millions d'années, dit-il, alors n'importe quel être humain est un enfant, comparé à eux. Je ne peux m'empêcher de penser à cette phrase de Freud, *l'enfer est le monde livré aux enfants de cinq ans*, les dauphins et toutes les autres espèces animales seraient probablement d'accord avec ça. Sébastian et Grace finissent par partir aux alentours de deux heures. En me levant, le lendemain, j'ai un message de Sébastian me donnant les coordonnées de l'Indien.

J'attends encore un mois entier avant de me résoudre à appeler Alvaro Escobar, c'est son nom, pour entamer ce qui ressemblera moins à une thérapie qu'à une série de conversations, se déroulant à un rythme variable car l'Indien voyage beaucoup, passant parfois plusieurs semaines en retraite dans des monastères, à moins qu'il ne se rende à Houston pour familiariser les astronautes avec leurs cellules d'ermites en apesanteur. Alvaro prend la quête spirituelle avec un sérieux presque hérétique pour un psychanalyste d'obédience freudienne. Lors de notre première conversation, je lui parle de ma grand-mère sicilienne, il me parle de sa mère kogi qui, elle aussi, pratiquait le rêve lucide, bref, nous nous comprenons. Je prends donc l'habitude de me rendre dans le treizième arrondissement, où l'Indien reçoit ses patients dans son appartement, au vingt-deuxième étage d'une tour, comme s'il pratiquait son art maïeutique sur les montagnes de sa terre d'origine, au milieu du ciel immense. Nos conversations portent sur la douleur, depuis le retour de l'abattoir, la douleur, et mon perfectionnisme. Je me souviens encore du jour où je comprends que les deux sont liés. Je viens de dire à Alvaro combien l'idée de me servir de l'instruction pour écrire un roman qui n'aurait rien à voir avec elle me scandalise. Combien je suis choquée qu'une partie de moi, voleuse, opportuniste, puisse même l'envisager. « C'est aussi choquant que la douleur, n'est-ce pas ? » murmure Alvaro. « Mais la douleur existe et vous ne pouvez pas accepter la vie sans accepter d'y prendre part. » À compter de cette conversation, je me réconcilie avec la romancière, car bien sûr, c'est elle, la voleuse, l'opportuniste. Elle qui envisage d'enrouler des phrases autour de la blessure, elle aussi qui dit des prières imparfaites avant de manger de la viande.

Mais j'ai beau me remettre à écrire, des poèmes, des nouvelles, je ne peux toujours pas me résoudre à utiliser mes notes pour écrire un roman.

Je me souviens très bien de cette séance qui a lieu en mai, vers huit heures du soir, il vient juste de pleuvoir, l'appartement de l'Indien est nimbé d'une lumière oblique. J'ai enfin osé aborder ma peur profonde, archaïque, celle de commettre un sacrilège et d'en mourir. Je ne peux pas la sublimer, cette peur-là, je ne peux que la prendre au pied de la lettre, comme si le maître vagabond existait pour de bon, et il a existé pour de bon, comme si un vœu me liait à lui, et un vœu me lie à lui, comme s'il allait se venger de moi. Inquiète de la réaction de celui qui m'écoute, je demande à Alvaro s'il croit possible que l'instruction relie ceux qui essaient de la suivre, même s'ils ne vivent pas au même endroit, ni à la même époque. Alvaro me regarde attentivement et dit que oui, il croit ce genre de choses possible. Mais ce qu'il croit aussi, c'est que le maître inconnu ne se soumettra pas à ma volonté. Alvaro n'est pas le genre de psy qui se contente de ponctuer votre monologue d'un hochement de tête, nos conversations sont de vrais dialogues, mais ce soir-là, il ne prononce que quelques mots. Si vous avez vraiment confiance en cette instruction, dit l'Indien, il faut abandonner votre volonté. C'est ce qu'on fait avec les maîtres, en général. Si vous croyez vraiment que cette instruction a une valeur, si vous croyez en elle, il faut admettre une fois pour toutes que la réaliser ne dépend pas de vous.

Printemps 2013. Je termine l'écriture d'un roman qui se passe à l'intérieur d'une porcherie industrielle. Il parle de truies aux yeux immenses, de porcelets boiteux, et de verrats qui gémissent tandis qu'une main gantée de caoutchouc recueille leur semence. Il parle d'amitié. Il ne parle pas de l'instruction. Son titre est *180 jours*, le temps que dure la vie d'un condamné à l'intérieur d'une structure de production. Quand le livre est publié, je cesse de craindre la vengeance du maître nomade, comme si j'avais envoyé un otage à ma place à une divinité souterraine et qu'elle avait décidé de s'en contenter. Quatre ans se sont écoulés depuis la fin de l'enquête. Tous les condamnés dont j'ai croisé le regard sont morts, même les cochettes, même les verrats les plus robustes, personne à l'intérieur ne tient plus de quatre ans. C'est une sensation étrange, chaque fois que je pense à eux, comme si ces morts dont j'ai croisé le regard, ces morts qui se mirent au garde-à-vous devant moi, ces morts avaient créé une discontinuité dans ma ligne de vie, un fossé entre celle que j'étais au moment de l'enquête et celle que je suis, une fosse pleine de disparus. Des milliers de morts me séparent de celle que j'étais. Peut-être que c'est toujours comme ça, peut-être que des milliers de morts nous séparent de ceux que nous ne sommes plus, même si nous préférons ne pas y penser.

Printemps 2014. Il m'arrive de passer des mois sans penser à l'instruction ni à Coré 9887, comme si la douleur que j'avais ressentie au retour de l'abattoir s'était transformée en cicatrice, une cicatrice que je suis seule à voir.

Il arrive aussi que la cicatrice se mette à tirer, comme si la blessure, en dessous, n'avait jamais guéri.

Comme si des forces contradictoires étaient à l'œuvre.

Ce jour où je me rends compte que je n'ai plus de tachycardies depuis – au moins six mois. Davantage ? À quand remonte le dernier galop de mon cœur ? La dernière fois que je me suis levée à bout de souffle, comme si j'avais couru, couru avant le lever du jour ? Je suis incapable de m'en souvenir.

Ce jour où la Société de Thanatologie me commande un texte sur les « élevages industriels ». L'éditeur de la revue *Études sur la mort* ne dit pas structure de production animale, je ne peux pas lui en vouloir, il n'est jamais entré. Il a lu *180 jours*, il voudrait que j'écrive quelque chose pour lui, quelque chose sur la mort des bêtes. Je peux écrire ce que je veux ? Vous avez carte blanche, dit-il. À peine la conversation terminée, je m'assois à mon bureau, tapant les mots si vite sur le clavier de l'ordinateur qu'on dirait qu'ils s'écrivent tout seuls. *Une très ancienne méditation bouddhiste consiste à s'imaginer…* Comme si j'éprouvais le besoin fiévreux, irrésistible, de nommer l'instruction, de revenir à elle, de dévoiler à d'autres son existence, comme ces femmes murmurant dans la nuit le nom d'un amour adultère, comme ces mystiques ne pouvant s'empêcher de nommer Dieu, comme un criminel divulguant des indices, suppliant qu'on retrouve sa trace. C'est plus fort que moi, j'ai besoin d'avouer. *J'ai essayé ! Je suis allée aussi loin que j'ai pu ! J'ai échoué !* Le texte que j'écris pour la Société de Thanatologie parle d'une variante de l'instruction consistant, au lieu de se visualiser, soi, à la place de l'animal conduit à la mort, à imaginer sa propre mère. Des maîtres comme Patrül Rinpoché, le saint François tibétain, ou Dilgo Khyentsé Rinpoché, l'un de ses héritiers spirituels, évoquent cette variante dans leurs livres. Dilgo Khyentsé, qui vécut au vingtième siècle, plus accoutumé aux pudeurs et aux névroses occidentales, précise que ceux qui s'entendent mal avec leur mère peuvent visualiser quelqu'un d'autre à la place du condamné – une grand-mère, un ami, l'essentiel étant que cette personne incarne l'amour, la vulnérabilité, le don de soi. Il précise aussi quelque chose qui, pour les familiers de l'instruction, commence à aller de soi : l'horreur ainsi imaginée ne nuit pas. La cruauté de la visualisation ne fait aucun mal à la personne que vous sacrifiez mentalement, bien au contraire, faisant d'elle l'instrument qui ouvre votre cœur, vous la bénissez. J'écris donc pour la Société de Thanatologie un texte où j'imagine ma mère sous la forme d'une truie, une truie qui est ma mère, se faisant trancher la gorge par le saigneur. Espérant, qui sait, réaliser l'instruction grâce à ce texte de commande. Mais ma description de l'abattoir a beau être précise – même aujourd'hui, il suffit que je ferme les yeux, me concentrant quelques secondes, pour que les images me reviennent à l'esprit avec une précision sidérante, comme si le temps, effaçant les visages, brouillant les silhouettes, faisait mieux ressortir le tranchant des contours et la netteté des lames, comme si le métal résistait à l'oubli, brillant dans la mémoire d'un éclat inassimilable, le métal et les regards – j'ai beau appeler ce texte, un peu pompeusement, *Méditations en zone d'abattage*, aucun éveil particulier ne s'ensuit. J'ai même l'impression d'amuser le cosmos. Comme si des yeux mi-clos scintillaient d'un éclat moqueur. *Tu pensais vraiment t'en tirer comme ça ? En mettant ta pauvre mère dans le coup ?* La réaction de ma mère si elle lisait ce texte, je n'ose même pas y penser. Horrifiée, elle serait. Elle m'en reparlerait jusqu'à la fin de ses jours. Je m'imagine bégayant des excuses, tentant de lui expliquer pourquoi je l'ai transformée en truie, ça n'a rien d'humiliant, au contraire, maman, c'est une bénédiction – elle qui est athée comme son grand-père anarchiste. Heureusement qu'elle n'est jamais tombée dessus.

Ce jour où, relisant le *Journal du voleur*, j'arrive à ce passage, vers la fin du roman, où Jean Genet se souvient d'une humiliation vécue à l'époque où il mendiait dans les rues de Barcelone. De riches touristes lui font prendre des poses et le photographient, il obéit, sidéré, désespéré, aucun de leurs commentaires méprisants ne lui échappe. Pour écrire ce souvenir, Genet décide d'imaginer *à sa place* son amant du moment, un garçon timide, qu'il aime profondément, à qui il veut faire une sorte d'offrande. Comme si Genet *connaissait* l'instruction et sa variante. L'auteur du *Journal du voleur* aurait-il pu tenir entre ses mains une traduction de ce genre d'enseignements ? Rien ne l'indique – sans compter qu'au moment où il rédige ces pages, au lendemain de la guerre, les écrits des maîtres tibétains ne sont guère connus que d'un public de spécialistes. Quand j'appelle Grace pour lui faire part de ma découverte, une autre hypothèse nous paraît bien plus fascinante et vraisemblable. Genet a reconstitué l'instruction en écrivant, il l'a retrouvée comme un mathématicien retrouvant un théorème, parce qu'elle était le seul moyen de transformer son souvenir atroce en amour, d'en faire – de la littérature. *Je viens de mal décrire cette opération qui consiste à prendre pour soi la peine des autres mais, outre que j'en distingue assez confusément le mécanisme, c'est trop tard, je suis trop las pour que j'entreprenne de vous le montrer mieux.* Pour Grace, cela ne fait aucun doute, non seulement Genet, comme Yourcenar, est un maître en magie sympathique, mais la magie sympathique et la littérature ne font qu'un. « Je te le dis depuis le début », dit-elle, un petit rire enfantin dans la voix, comme si je refusais de voir l'évidence.

Je crois que la littérature est un entraînement à la magie. Mais je commence aussi à croire que le maître nomade, comme tous ceux qui savent ce qu'ils font *quand ils se mettent à la place de l'autre*, sont des narrateurs. Même s'ils n'écrivent pas, s'ils ne disent rien, s'ils ne laissent aucune trace, ils font partie d'un ordre de narrateurs cachés, dissimulant leur visage sous un masque, une casquette ou une capuche, narrateurs voleurs, narrateurs vautours, narrateurs truies, narrateurs pleurant leur mère menée à l'abattoir, narrateurs bénévoles et taiseux, narrateurs silencieux à qui ne manque que la parole, tendres narrateurs comme de la viande saignante, narratrices réduites au silence, communiquant par échange de regards, tissant un récit sans preuve dont il arrive qu'on reconnaisse un fragment – le fragment d'une histoire qui n'est pas l'histoire linéaire des vainqueurs.

Ce soir où je demande à Grace si elle croit possible qu'un jour, j'écrive sur l'instruction. « Ce n'est pas à toi de choisir le moment », dit-elle.

Ce jour où un homme à peine plus âgé que moi, un professeur à l'air sympathique, animant un colloque auquel il a insisté pour m'inviter, quelque chose comme *Littérature et vie sauvage* – je lui ai pourtant dit au téléphone que mon dernier roman ne parlait pas de vie sauvage, pas vraiment, plutôt de la façon dont cette vie est détruite – un homme sympathique, donc, me voyant arriver, me dévisage de la tête aux pieds, avec un léger sourire. À peine nous sommes-nous présentés qu'il dit, assez fort pour que ses collègues l'entendent : « Il paraît que vous êtes bouddhiste ? Végétarienne, évidemment ? C'est très noble de votre part, tout ça, mais vous croyez *sérieusement* que tout le monde peut se passer de viande ? » Je ne m'attendais pas à cette attaque surprise, le professeur et ses collègues me dévisagent d'un air moqueur, alors que la table ronde est sur le point de commencer – revoilà ma triple identité dissociée. L'intruse serait du genre à balbutier des excuses, c'est sa faute, forcément, un manque de clarté dans ce qu'elle écrit, quelque chose de flou et d'obscur, a conduit cet homme intelligent à se tromper sur son compte. Moins conciliante, la romancière se retient de lui demander : Vous me parleriez sur le même ton si j'étais un homme ? mais à quoi bon poser une question dont on connaît la réponse. « Je ne suis ni bouddhiste ni végétarienne », se contente de répondre la narratrice sans visage avant d'aller s'asseoir à sa place. Durant toute la table ronde, elle n'interviendra plus, se contentant de donner des réponses sans risque aux questions qu'on lui pose, le genre de réponses que ceux qui la questionnent peuvent aussi facilement prévoir qu'oublier à peine données. Car il ne faut pas qu'ils la repèrent. Il ne faut pas qu'ils sachent – ce qu'elle est vraiment. Qu'ils sachent combien elle se méfie d'eux – les humains.

La narratrice sans visage maîtrise si bien l'art de disparaître, s'envoler, plonger, observer, elle peut rester silencieuse si longtemps, que je me demande parfois si elle est tout à fait humaine. Si je ne suis pas un animal, un animal prenant enfin la parole, écrivant pour ne pas disparaître.

Printemps 2018. Un numéro s'affiche sur mon téléphone, portant l'indicatif de l'Ouest, je prends l'appel aussitôt. Voilà neuf ans que j'ai terminé l'enquête, mais chaque fois qu'un numéro porte cet indicatif, je me dis toujours que ça pourrait être l'un des porchers, même si c'est improbable. L'amitié qui me lie, au moins à deux d'entre eux, ressemble aux liens qui se nouent lors d'une retraite en silence. À la façon dont l'autre respire, dont il marche, dont il emplit son verre d'eau, dont il s'assoit sur son coussin – on sait. Il n'y a pas besoin de paroles. On sait, cela suffit, nous sommes amis. Comme si l'amitié commençait comme ça, par une sympathie animale pour une autre façon de se mouvoir et de respirer. Il arrive parfois, rarement, que des paroles la confirment quand la retraite se termine, à l'arrière d'une voiture ou dans un wagon de train. Alors la conversation, les confidences, les déjeuners, viennent comme prolonger, normaliser, *humaniser* l'étrange puissance du lien initial. Mais le plus souvent, les amis repartent chacun de leur côté. On se sépare comme des voyageurs reprenant leur route. C'est ce qui m'est arrivé avec deux des porchers. Alors quand un numéro s'affiche portant l'indicatif de la région, je pense à eux, même si je sais que ça n'est pas eux.

C'est Marianna, la libraire – enfin, l'ancienne libraire, car sa boutique a fermé depuis deux ans.

Elle m'avait prévenue qu'elle quitterait Paris, je ne savais pas qu'elle s'était installée dans l'Ouest. Elle m'appelle pour me proposer un travail de traduction. Marianna est en train de créer une petite maison d'édition, son idée serait de publier des inédits bouddhistes. Elle me propose de traduire en français les enseignements d'un jeune lama – le texte original est en anglais, il y aurait quelques termes tibétains, des notions difficiles à transcrire dont il faudrait vérifier le sens auprès du lama, communiquer par mail ne devrait pas être un problème, il a une trentaine d'années et vit à San Francisco. Je suis assez tentée par la proposition, je l'accepterais en temps normal, mais je commence à peine l'écriture d'un nouveau roman. Je traverse cette phase de début, angoissante, inconfortable, où une image apparaît avec insistance sans que je tienne une histoire pour autant, je sais juste que je veux écrire sur une femme condamnée à mort, une sorcière, à part ça, je suis en phase d'égarement. Mieux vaudrait que je parle de phase de maturation, Jean me l'a dit mille fois, égarement, ça ne fait pas sérieux, maturation, ça fait pro, mais je me sens vraiment égarée dans ces moments-là. Je propose donc à Marianna de lui trouver quelqu'un d'autre. Je ne veux pas n'importe qui, dit-elle, un peu vexée, il ne suffit pas de parler anglais, il faut quelqu'un qui s'intéresse à la spiritualité. Enfin, au moins un peu, soupire-t-elle. J'ai exactement la traductrice qu'il te faut, dis-je, imaginant déjà les conversations *high level* entre Grace et le jeune lama. Marianna est rassurée, nous discutons encore un peu, elle me raconte combien elle apprécie sa nouvelle vie, loin de la capitale. Au fait, dis-je, pourquoi tu ne demanderais pas un texte inédit à ton maître, Sogyal est connu, ça pourrait lancer ta maison d'édition ? Un silence abyssal s'ensuit. J'ai visiblement gaffé. Tu n'es pas au courant ? dit Marianna. Voilà comment j'apprends que Sogyal Rinpoché, le fondateur de la sangha que Marianna a fréquentée durant des années, accusé d'abus sur ses étudiants, a été démis de ses fonctions et officiellement disgracié par le dalaï-lama.

C'est arrivé l'été précédent, deux mois à peine avant la tempête #metoo, l'information m'avait échappé. Sans doute étais-je focalisée sur l'affaire Weinstein, sur le séisme #balancetonporc – et sur ma phase d'égarement. Le scandale n'a pourtant pas épargné Sogyal Lakar – que plus personne n'honore du titre de maître, Rinpoché – accusé d'abus physiques, psychiques et sexuels, dénoncé par ses anciens étudiants. Le dalaï-lama, en prononçant la disgrâce de Sogyal Lakar, a validé implicitement leurs accusations. J'imagine le choc qu'ont dû ressentir les membres de la sangha, les fidèles de son Église, ceux qui voyaient en Sogyal une incarnation du Bouddha. Je suis moins choquée qu'eux, c'est évident. Je l'ai déjà dit, je suis mal à l'aise dans les communautés. Je me méfie des clergés, je me méfie de la force occulte des légendes, comme celle de l'homme maître et possesseur de tout ce qui passe à sa portée, une fiction qui possède si volontiers les hommes réels, même protégés par une robe noire ou une robe safran. Bref, je préfère me fier aux détectives sauvages et aux chercheurs solitaires. Il n'empêche que si cet homme, Sogyal, accusé de crimes qui n'ont rien à envier à ceux d'Harvey Weinstein, n'avait pas mentionné l'instruction un jour d'hiver, il y a dix ans, je ne serais jamais entrée dans une structure de production animale, je n'aurais jamais croisé le regard de Coré – je ne serais pas la même personne.

Ou l'instruction m'aurait attirée à elle par un autre moyen – par tous les moyens ? Parlant par une autre bouche, empruntant un autre chemin, elle m'aurait appelée de la même façon irrésistible, car le vœu me liant au maître sans nom fut prononcé bien avant que je le prononce, bien avant que l'instruction m'apparaisse sous la forme d'une phrase humaine faite de mots humains, *que celui qui cherche une vie nouvelle se mette à la place d'un animal conduit à l'abattoir*, bien avant de devenir d'une actualité sidérante en ce vingt et unième siècle où mon espèce a transformé le monde entier en gigantesque structure de production. Bien avant que le climat ne se dérègle comme le veut la fin chaotique de l'histoire des vainqueurs, l'instruction est là, attendant, comme une graine, une possibilité, un espoir, à la lisière du règne animal et du monde humain.

Je sens en raccrochant, à la fin de la conversation avec Marianna, ce tressaillement dans la poitrine qui, durant des mois, comme le soudain sifflement d'un serpent, a fait partir mon cœur au galop. Mais cette fois, il n'y a ni tachycardie ni panique, comme si j'avais compris ce que ce tressaillement signifiait – ces yeux qui s'ouvrent dans l'obscurité pour m'observer.

Qui est le maître qui parle à travers le maître ? Sogyal Lakar est issu de la même école bouddhiste, l'école nyingmapa, que Patrül Rinpoché, le saint François tibétain. Sans doute faisait-il allusion, en citant l'instruction ce jour d'hiver, à ses enseignements : « Considérons les souffrances de ces animaux, prenons mentalement leur place et ressentons ce qui leur arrive. Appliquons la main sur notre bouche et bloquons notre souffle. Insistons un peu. Quelles ne sont pas notre douleur et notre peur ? » Ou encore : « Considérons le mouton que l'on mène à l'abattoir. Ne pensons plus que c'est un mouton ; pensons du fond de notre cœur que c'est notre vieille mère que l'on va tuer. Que faire si on égorge ma vieille mère qui n'a rien fait de mal ? Comme elle doit souffrir. Mettons-nous sincèrement à sa place. Quand du fond du cœur nous n'éprouverons plus que l'ardent désir de la délivrer sur-le-champ, pensons : Cet être en train de souffrir n'est actuellement ni mon père ni ma mère, mais il l'a été au cours de mes vies passées. Il m'a élevé avec une immense bonté, comme mes parents actuels ; il n'est pas différent d'eux. Pauvre parent torturé. Quelle joie si maintenant, le plus vite possible, instantanément, tu étais délivré de cette souffrance. »

J'imagine. L'heure dorée sur les hauts plateaux, une tente noire, un campement, les cris des hommes et un hurlement. Le maître nomade croisant soudain le regard de la bête – son œil immense épouvanté, lançant des feux de détresse contre les rayons obliques du soleil. Peut-être le maître n'est-il pas encore un maître, personne ne le respecte, s'il demandait que l'animal soit épargné, personne ne l'écouterait. Les hommes, sortant leurs cordes, manipulant leurs lames, se foutraient de lui ou lui casseraient la gueule. Il n'a aucun pouvoir sur ce qui est en train d'arriver, aucune autorité pour arrêter la mise à mort. Peut-être n'est-il même pas un adulte. Une créature impuissante, aussi dérisoire, aussi impuissante devant le cours des choses que l'animal devant la mort. Leurs yeux se croisent et il se passe quelque chose, à cet instant précis, il se passe quelque chose qui est plus qu'un échange de regards. Quelque chose que l'enfant n'oubliera plus jamais.

Un échange mystérieux est possible. Quelque chose se transforme. Une partie de l'animal est devenue l'enfant, une partie de l'enfant est devenue l'animal, et leur identité commune s'étend, s'étend immensément, comme l'obscurité au-dessus des hauts plateaux.

Le maître du maître est cet enfant. Mais le maître de l'enfant est cet animal, encore plus anonyme, inconnu, mystérieux, même pour lui, que l'enfant qu'il fut. Je comprends, le jour où j'apprends la disgrâce du maître humain, accusé d'abus de pouvoir, de violence, de cruauté, sur ceux qui se fiaient à lui, je comprends pour la première fois ce que considérer les animaux comme nos parents signifie, ce que ça signifie vraiment. C'était là, sous mes yeux, depuis le début, comme une évidence transparente, un secret aux contours invisibles, si limpide que je n'osais pas l'envisager. Chaque fois qu'ils plongent leur regard dans le nôtre, ils nous rappellent notre origine. Car nous sommes des animaux, nous aussi, malgré notre orgueil, comme dirait Grace, ce monstrueux orgueil qui déteste la vie. J'ai toujours pensé que froisser notre orgueil était ce qu'avaient en commun la croyance en la réincarnation des maîtres d'Asie et de Grèce antique, et la théorie de l'évolution de Darwin (qui, au passage, croyait les animaux doués d'émotions et de pensées), froisser notre orgueil, en nous rappelant que nous ne sommes pas au centre du mandala. Les animaux ne sont ni nos esclaves ni nos choses, ils sont nos proches. Nos parents. Ce jour-là, après cette conversation avec Marianna, en plein bouleversement #metoo, traversée par des pensées agitées, revoyant le regard ironique de Sogyal derrière ses petites lunettes, je comprends qu'un parent transmet toujours quelque chose. Un parent *est* celui qui transmet. Sogyal Lakar m'a transmis l'instruction du maître, que je le veuille ou non. C'est peut-être ce que les contemporains de Darwin eurent du mal à admettre, peut-être ce que nous avons tous du mal à accepter, que des êtres à qui on voudrait ne surtout pas ressembler, pour le mal qu'ils font ou pour celui qu'on leur fait, nous enseignent pourtant des choses inestimables.

Coré 9887 m'a enseigné la magie, chaque fois que son regard a plongé dans le mien. Car nous sommes des animaux non seulement doués de parole, mais capables de magie. C'est son existence qu'ils nous rappellent, ceux qui ne parlent pas, cette magie sympathique que leur regard implore, implore, implore que nous pratiquions. Comme s'ils voulaient que nous en prenions conscience, comme de vieux parents suppliant leurs enfants d'exercer enfin leur don. Comme si *se transporter en pensée à l'intérieur de quelqu'un* était exactement, exactement ce que nous sommes censés faire, notre spécificité, ce que toutes les autres espèces espèrent de nous. Moi qui croyais que la magie sympathique était notre pouvoir, voilà que je l'envisage comme l'expression de notre dignité animale, nous rendant les égaux du jaguar et du chardonneret. (Je ne peux m'empêcher de penser que ce renversement de perception est lié à ce qui se passe dehors, des voix se font entendre qu'on n'entendait pas avant, des histoires se racontent qu'on ne racontait pas avant.)

Ces femelles criant derrière moi en chœur, comme si elles voulaient me rappeler quelque chose, quand je quittais le bâtiment naissage.

Ces vieux parents navrés, excessivement bienveillants envers leurs enfants psychopathes. Coré 9887 se tournant vers moi au moment où je l'insémine. *Je t'aime, ma fille folle.* Tous ces regards aimants, douloureusement surpris, brillant dans ce qu'il reste d'océans et de forêts.

Ainsi Coré m'observe chaque fois que je tressaille. Ces yeux immenses, ouverts dans l'obscurité, sont ceux d'une petite truie que j'ai connue et qui est morte. Ils sont ceux de l'oiseau englouti par la marée noire, mon oiseau spectral, c'est encore Coré. C'est encore Coré, l'escargot à l'œil d'encre et à la coquille brisée. C'est elle, le maître initial, qui me donna pour la première fois son instruction sous la forme d'un oiseau descendant aux enfers. Peut-être que j'écris pour ça, pour sauver un oiseau. Si impossible que cela soit, j'écris pour qu'il remonte et que ses ailes s'ouvrent à nouveau.

Au printemps 2022, je sens venu le moment d'écrire cette histoire, comme si j'avais obtenu les différentes autorisations, les différents visas et que tout était, enfin, en règle sur mon passeport. Grace avait raison, comme toujours, ce n'était pas à moi de choisir le moment, mais à Coré 9887 de décider quand je pourrais évoquer aussi bien son apparition dans ma vie que sa disparition – ou devrais-je dire, ses différentes apparitions et disparitions. J'ai attendu tant d'années que j'ai le sentiment d'écrire une confession, enfin, enfin j'avoue, les mots se pressent à une vitesse que je n'ai jamais connue. Alors que je redescends chaque matin de mémoire à l'intérieur de la structure de production, que j'emprunte de nouveau ses couloirs, que de nouveau les portes s'ouvrent sur les condamnés, il y a une expression qui revient sans cesse, chaque fois que je retrouve le monde extérieur, clignant des yeux après des heures passées sur l'ordinateur, chaque fois que je remonte, éblouie et chancelante, il y a cette expression qui m'attend au tournant, comme un panneau de signalisation, me rappelant que je suis *ici* et *maintenant* – c'est « libérer la parole ». Peut-être que j'y prête une attention différente, décalée, mais il me semble que c'est exactement ce qui est en train de m'arriver. Cette expression résonne en moi, comme si j'étais reliée à toutes ces femmes et à ces hommes, dénonçant enfin d'anciens abus sexuels, souvent commis avec une quasi-impunité, comme s'ils avaient fait partie du droit de naissance de ceux qui les perpétraient. Il me semble aussi me libérer d'une violence, m'affranchir d'une chape de silence, chaque fois que j'ouvre une porte en compagnie des porchers. C'est un abus spirituel dont je suis en train de guérir, le sentiment qu'une parole de femme n'est pas légitime est en train de me quitter, la crainte, plus grande encore, que cette parole ne soit pas entendue, que les rêves, l'imagination, les échanges de regards, tout ce qui donne, finalement, un sens à ma vie, finisse par se recroqueviller dans l'ombre et disparaître, recouverts par une chape de mots gris, la peur est en train de me quitter. Je ne veux plus être une intruse, même si l'intruse fait partie de moi, même si elle est l'une de mes identités, si cruellement révélées à l'intérieur de la structure, ce n'est pas elle qui écrit ces lignes. Il est possible aussi que la peur n'ait plus de sens quand l'instruction nous rattrape, ce qui demandait aux anciens maîtres un effort d'imagination est arrivé jusqu'à nous, nous sommes ces animaux pris à leur propre piège dont les jours sont comptés, galopant dans les couloirs qu'ils ont eux-mêmes conçus – sauf si la magie peut encore les sauver.

J'ai raconté l'instruction telle que je l'ai vécue, comme un conte, parce qu'il me fallait restituer l'atmosphère à la fois charnelle, saturée d'odeurs et de cris, et onirique, horrifique, qui est celle des villes animales. Cette atmosphère n'est pas sans rappeler celle de l'enfance, et plus je replongeais dans mes souvenirs, plus il me semblait que je n'étais pas seule. D'autres avaient suivi l'instruction avant moi, d'autres la suivraient, et d'autres la suivent en ce moment même, parce que quelqu'un qui ne leur ressemble pas, un proche aux yeux orange ou bordés de longs cils blancs, les implore de renoncer à leur identité rigide et psychopathe pour choisir l'autre – celle qui fait battre le cœur. Mais je ne suis pas innocente au point d'oublier que vouloir suivre l'instruction, la suivre, et la réaliser sont trois choses différentes, trois folies différentes, peut-être.

Ce conte s'achève. Il me reste à dire si sa narratrice a réussi ou échoué. Il me suffit d'envisager le monde tel qu'il est pour voir partout la preuve de mon échec. Les structures de production animale ont gagné, on dirait, elles ne cessent de s'agrandir, tout comme l'esprit qui les conçoit, les optimise, les duplique – la structure ne cesse d'étendre son territoire, recouvrant tout de sa chape grise. Si j'avais réalisé l'instruction, je suppose, peut-être un peu naïvement, que tout cela aurait dû voler en éclats, je connaîtrais aujourd'hui un bonheur ineffable, ce genre de bonheur dont parlent les sages. Au moins me serais-je rendu compte que tout cela n'était qu'un rêve, une grande illusion cosmique, et je n'en souffrirais plus. Ce n'est pas le cas.

Au moment où j'écris ces lignes, la Terre flambe et des oiseaux morts tombent du ciel. Aux portes de nos villes, les villes animales prolifèrent comme autant de cercles de l'enfer. Quant à nous, nous courons, courons comme de grands animaux égarés.

La douleur que j'ai ressentie, au retour de l'abattoir, venait de savoir que Coré n'était pas n'importe qui et qu'elle allait pourtant mourir. Coré qui m'a tant appris, rien qu'en me regardant, Coré qui fut mon maître, ne serait plus qu'une carcasse facturée deux euros le kilo. L'autre truie aussi, celle qui cachait les yeux de sa codétenue pour qu'elle ne voie pas l'horreur. Ceux qui devenaient fous aussi. La mort unifie tout mais pas un ne ressemble à l'autre. Ce sont des individus, même perdus dans la foule, même dans un troupeau, même dans un abattoir, ce sont des individus.

Mais les éclats du secret ne sont pas le secret.

Si je l'ai approché, c'est peut-être avant l'aube, quand mon cœur se mettait au galop comme un animal, au moment où s'ouvraient les portes du camion, quand il courait affolé avec les autres dans le couloir et que, matin après matin, je croyais attendre la mort. Mais moi, je ne sais pas ce que mon cœur a su, s'il sait quelque chose, s'il a pénétré dans une chambre haute – ou était-ce une cabine électrique ? – je n'y étais pas admise, et rien ne peut en être dit. Le jour où je me suis rendu compte que les tachycardies étaient passées, qu'elles étaient passées depuis des semaines, je sais seulement que j'ai éprouvé une pointe de tristesse, comme si quelque chose avait pris fin, un voyage s'arrêtait, j'étais rentrée pour de bon, et mon cœur est redevenu un simple muscle rouge.

Cet ouvrage a été composé par Nord Compo

Imprimé en France par
CPI BRODARD & TAUPIN (72200 La Flèche)
en décembre 2022

pour le compte des Éditions J.-C. LATTÈS
17, rue Jacob – 75006 Paris

JC Lattès s'engage pour l'environnement en réduisant l'empreinte carbone de ses livres. Celle de cet exemplaire est de :
750 g éq. CO_2
Rendez-vous sur www.jclattes-durable.fr

PAPIER À BASE DE FIBRES CERTIFIÉES

N° d'édition : 01 – N° d'impression : 3050967
Dépôt légal : janvier 2023
Imprimé en France